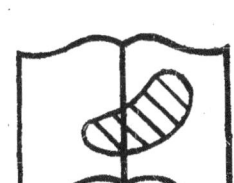

Illisibilité partielle

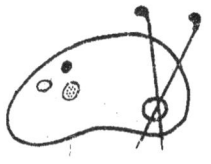

Couvertures supérieure et inférieure
en couleur

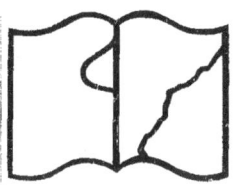

Couvertures supérieure et inférieure
détériorées

VALABLE POUR TOUT OU PARTIE DU
DOCUMENT REPRODUIT

...NS POUR TOUS

N° 35 le roman complet 5l

GUSTAVE LE ROUGE

LE MYSTÉRIEUX DOCTEUR CORNÉLIUS

Le Buste aux Yeux d'Émeraude

Deux superbes émeraudes fulguraient sous les paupières d'or. Vrai cadeau de milliardaire, ce buste devait coûter plus d'un demi-million.

Collections du LIVRE NATIONAL

Librairie Jules TALLA'
75, rue Dareau, PARIS (XIVᵉ)

LE BUSTE AUX YEUX D'ÉMERAUDE

A PARAITRE PROCHAINEMENT :

LA DAME AUX SCABIEUSES

GUSTAVE LE ROUGE

LE MYSTÉRIEUX DOCTEUR CORNÉLIUS

LE
BUSTE AUX YEUX D'ÉMERAUDE

ROMAN

LIBRAIRIE JULES TALLANDIER
75, RUE DAREAU, 75 — PARIS (XIVᵉ)

Le Buste aux Yeux d'Émeraude

PREMIÈRE PARTIE

LA FLEUR DU SOMMEIL

CHAPITRE PREMIER

LE VOLEUR INVISIBLE

Les quais du petit port de Basan présentaient ce matin-là une vive animation. Des coolies japonais, tagals, chinois et malais s'occupaient activement à décharger une grande jonque à la poupe dorée, aux voiles de bambou tressé, dont la cargaison se composait de porcelaines venues de la grande île de Nippon, de nids d'hirondelles récoltés dans les cavernes de Sumatra, d'holothuries, de confiture de gingembre, de pousses de bambou confites dans du vinaigre et d'autres aliments exclusivement asiatiques.

L'arrivée de la jonque, qui mettait en émoi tous les négociants de la petite ville, n'était pas la seule cause qui excitât la curiosité des badauds.

Peu de temps après la jonque, une grande barque de pêche était entrée dans le port. Elle était montée par quatre hommes : deux Esquimaux, un cosaque — ou un kalmouk, au type tartare très accusé — enfin, un Européen, que l'on supposait être Anglais ou Français, et dont la physionomie, encadrée par de longs cheveux d'un blanc de neige et de larges favoris, exprimait la douceur et l'intelligence.

Ce vieillard — sans nul doute le propriétaire de l'embarcation — était luxueusement vêtu d'une pelisse doublée de renard bleu et coiffé d'une toque de la même fourrure. Il avait avec lui de nombreux bagages, que ses trois serviteurs se hâtèrent de tirer hors de la barque et de déposer sur le quai.

Ils avaient à peine terminé, lorsque le gouverneur du port — un Japonais nommé Noghi — s'avança, au milieu d'une grande affluence de curieux, pour demander des explications à l'étranger.

M. Noghi, prétentieusement vêtu d'un complet à carreaux de fabrication américaine, parlait très couramment l'anglais. C'est dans cette langue que la conversation s'engagea.

Le nouvel arrivant, d'ailleurs, lui fournit immédiatement les explications les plus satisfaisantes.

Il se nommait Prosper Bondonnat. C'était un savant français connu dans le monde entier par ses travaux sur la météorologie et aussi sur la botanique et la médecine.

Il déclara qu'en se rendant de San-Francisco à Vancouver, il avait été victime d'un naufrage, dont il n'avait pu sauver que ses papiers les plus précieux, quelques appareils de physique et une certaine somme d'argent.

A la demande du Japonais, M. Bondonnat exhiba diverses pièces, qui ne laissaient aucun doute sur son identité.

Une fois fixé sur ce point, le gouverneur se mit obligeamment à la disposition du vieux savant pour tous les renseignements dont il pouvait avoir besoin.

— L'île de Basan, expliqua-t-il, est celle des possessions japonaises qui est située le plus au sud. Complètement isolée dans le Pacifique, elle se trouve à des centaines de lieues de toute terre habitée, entre les Philippines et le groupe des îles Hawaï.

— Voilà qui est regrettable, dit M. Bondonnat. Comme vous devez le supposer, mon plus vif désir serait de rentrer en France aussitôt que possible.

— Vous n'aurez pas trop longtemps à attendre. Dans trois semaines, vous pourrez prendre le paquebot américain qui fait le service régulier entre Shangaï et San-Francisco.

— Voilà qui me rassure un peu. Je vais immédiatement télégraphier à mes enfants, qui doivent être très inquiets à mon sujet.

Le Japonais eut un sourire ambigu qui découvrit ses dents pointues et releva l'angle de ses sourcils obliques.

— Malheureusement, fit-il, l'île de Basan n'est pas encore reliée au Japon par un câble électrique.

— Tant pis ! murmura le savant dont la physionomie exprima un vif désappointement. Puisqu'il en est ainsi, monsieur le gouverneur, je compte sur votre obligeance pour m'indiquer les moyens de me loger confortablement.

— Pour cela, rien de plus facile. Il y a précisément à louer, dans la banlieue de notre petite capitale, plusieurs villas toutes meublées et entourées de beaux jardins.

— Je ne regarderai pas au prix, pourvu que l'habitation soit convenable ; car je ne vous cacherai pas qu'après les émotions d'un naufrage, plusieurs nuits passées en pleine mer, j'ai besoin de me reposer : je ne suis plus jeune, hélas !

— Vous verrez que vous serez très bien. Et cette villégiature forcée vous permettra de visiter notre pays qui, très peu connu certainement en Europe, mérite, par beaucoup de points, d'attirer l'attention d'un savant tel que vous. La faune et la flore sont très variées et n'ont guère été, jusqu'ici, beaucoup étudiées. Enfin, vous trouverez partout de pittoresques points de vue et, dans l'intérieur, des ruines de temples bouddhiques, qui sont, dans leur genre, de vraies merveilles.

M. Bondonnat, qui s'était attendu à ne rencontrer dans cette île perdue que des espèces de sauvages, se déclara enchanté de la courtoisie du gouverneur. Au bout d'une demi-heure, ils étaient les meilleurs amis du monde et, au bout d'une heure, le savant était devenu, moyennant la somme de vingt-cinq dollars, locataire d'une délicieuse habitation, entourée d'un vaste jardin.

Cette affaire une fois conclue il revint jusqu'au quai où était amarrée l'embarcation, et, sur son ordre, le cosaque et les Esquimaux chargèrent les bagages sur leurs épaules afin de les transporter à la nouvelle demeure.

Tous quatre traversaient les rues étroites de la petite ville, toujours accompagnés du gouverneur Noghi, qui s'était constitué l'obligeant cicerone du Français.

— L'île de Basan, expliquait-il, est, grâce à sa situation toute spéciale entre l'Asie et l'Océanie, habitée par une population extrêmement variée. Il y a ici sept ou huit races différentes : d'abord les Japonais qui sont les maîtres du pays et occupent les fonctions publiques, puis les anciens habitants qui appartiennent à la race malaise ou chinoise, enfin des émigrants venus de tous les points de l'Océanie : Canaques, Taïtiens, Papous, Maoris et Fidgiens.

— Il ne manquait plus, dit M. Bondonnat, que moi et mes serviteurs pour compléter cette collection ethnologique !

Leur conversation fut brusquement interrompue par une série de gémissements et de cris plaintifs qui s'élevaient à l'autre extrémité de l'étroite rue qu'ils étaient en train de traverser.

Ils pressèrent le pas et se trouvèrent tout à coup en présence d'un Océanien déjà vieux, et qui tenait entre ses bras, presque inanimée, une jeune fille au teint cuivré, son enfant, sans doute.

C'était lui qui poussait les gémissements lamentables qu'ils venaient d'entendre.

— Que se passe-t-il donc ? demanda vivement le gouverneur japonais à l'indigène.

L'homme leva les bras au ciel avec désespoir.

— Ma fille, s'écria-t-il, ma chère Hatouara !... morte ! perdue !... Elle vient d'être piquée par une vipère à crête rouge ! Il n'y a pas de remède !

M. Bondonnat s'était avancé.

— Ma venue est vraiment providentielle ! dit-il. Par une chance extraordinaire, j'ai précisément dans mon bagage quelques flacons du sérum du docteur Yersin contre la morsure des serpents !

Et se tournant vers le cosaque :

— Vite, Rapopoff ! ordonna-t-il en langue russe, ma trousse et la boîte numéro 17 où se trouvent les sérums.

Le cosaque s'empressa d'obéir.

— Sauvez ma fille, murmurait l'indigène, et tout ce que j'ai vous appartient !

Sans lui répondre, M. Bondonnat se mit immédiatement à l'œuvre.

A l'aide de la seringue de Pravaz, il pratiqua plusieurs injections de sérum ; puis il agrandit la blessure du bras — c'était là que la jeune fille avait été piquée — en pratiquant avec le scalpel une incision cruciale. Il fit saigner la plaie, puis la cautérisa avec quelques gouttes d'hypochlorite de chaux.

Il avait pratiqué toutes ces opérations avec une prestesse qu'on n'eût jamais soupçonnée d'un homme de son âge.

— Ouf ! fit-il, maintenant, je crois que l'on peut considérer cette charmante enfant comme à peu près hors de danger... Y a-t-il longtemps qu'elle a été piquée ?

— Dix minutes à peine, monsieur le docteur, répondit en mauvais anglais l'indigène, tellement éperdu de joie qu'il en demeurait stupide.

— Au revoir, mon ami, dit M. Bondonnat, vous coucherez la malade et lui ferez prendre des infusions chaudes et, à moins que mon sérum ne soit éventé — ce qui arrive malheureusement quelquefois — je crois qu'elle en réchappera.

Laissant les deux indigènes encore sous le coup de la violente émotion qu'ils venaient d'éprouver, M. Bondonnat continua son chemin avec le gouverneur Noghi, qui tint à l'accompagner jusqu'au seuil de sa demeure et qui, chemin faisant, le remercia chaudement de son obligeance et de sa présence d'esprit.

Tous deux se séparèrent, enchantés l'un de l'autre.

Les maisons des Japonais ne sont généralement construites que de bambous et de planches légères, et les cloisons intérieures sont ordinairement formées par des feuilles de papier tendues sur des châssis. Il n'y existe d'ailleurs, aucun moyen de chauffage sérieux.

La maison que venait de louer M. Bondonnat était heureusement plus solide. Elle avait été bâtie quelques années auparavant par un Anglais et les murailles en étaient de briques solides. Le toit était couvert de tuiles vertes et jaunes, d'un effet très pittoresque, et ce qui fit grand plaisir à M. Bondonnat, elle était munie de portes fermant à clé.

Elle ne comprenait que quatre pièces, deux au rez-de-chaussée, séparées par un couloir qui aboutissait au jardin, et deux au premier étage.

L'ameublement était demeuré tel que l'avait laissé son premier propriétaire. Les sièges, très commodes, étaient de bambou et de rotin. Les gros meubles, de ce bois de camphrier rose qui est abondant dans ces parages. Enfin, la chambre à coucher, munie d'un cabinet de toilette, avec un appareil à douches, offrait un lit de fer et de cuivre protégé par une moustiquaire.

En somme, M. Bondonnat ne pouvait espérer trouver mieux.

Le jardin, surtout, l'enchanta, avec sa luxuriante végétation, qu'entourait une solide palissade de bambou.

Il y avait là de belles collections de lis et de chrysanthèmes, des cycas et des bananiers, des cerisiers en fleurs, des palmiers, des orangers et de superbes cocotiers chargés de fruits.

Au centre, un bassin, orné de rocailles, était rempli de dorades de la Chine et de poissons aux gueules monstrueuses, dont quelques-uns portaient de petits anneaux d'argent passés dans les ouïes.

M. Bondonnat s'installa joyeusement. Il rangea ses papiers dans le petit meuble de camphrier à tiroirs qui se trouvait dans sa chambre à coucher. C'est là aussi qu'il déposa un appareil qui servait à constater la présence des radiations ultra-violettes, qu'il avait inventé pendant son séjour à l'île des Pendus (1). Cet appareil, d'une excessive sensibilité, était renfermé dans un écrin.

Sans l'impatience qu'il éprouvait à la pensée de passer encore trois semaines sans donner de ses nouvelles à sa fille, le vieux savant eût été parfaitement satisfait.

Il se proposait, d'ailleurs, de rapporter de son séjour dans cette île de Basan, qui n'avait été étudiée par aucun savant, les documents les plus curieux et peut-être, qui sait? une plante ou un animal inconnu.

Après avoir fait, comme on dit, le tour du propriétaire, M. Bondonnat appela le cosaque Rapopoff et le chargea d'aller aux provisions.

Rapopoff s'empressa d'obéir, emmenant avec lui les deux Esquimaux. Il ne revint qu'au bout d'une heure, pliant sous le poids de victuailles de toutes sortes; les négociants japonais et tagals avaient abusé de la naïveté du cosaque pour lui faire acheter toutes sortes de comestibles hétéroclites.

Il rapportait des mets si bizarres que M. Bon-

(1) Voir *Cœur de Gitane*, N° 30 de la collection des « Romans pour tous ».

donnat lui-même en demeura rêveur; il y avait des ailerons de requin confits dans la saumure, des pots de grès qui renfermaient des jeunes chiens mort-nés préparés au miel, — ce qui est considéré par les mandarins comme un manger fort délicat, — du vin de riz dans des bouteilles entourées de soie violette, des cocons de vers à soie dont on fait, paraît-il, des crèmes délicieuses, enfin des vers de terre salés, de l'alcool de Kawa dans une calebasse et de la confiture d'algues marines.

Nous allions oublier des conserves de bœuf de Chicago, des salaisons allemandes et une foule d'autres articles d'épicerie européenne dont l'énumération serait interminable.

Heureusement, M. Bondonnat aperçut, dans tout ce fatras indigeste, une belle langouste et des fruits magnifiques : ananas, goyaves, nèfles du Japon, noix de coco, mangues, pommes-crèmes, et jusqu'à deux des fruits volumineux de l'arbre à pain, qu'il suffit de mettre au four quelques instants pour avoir un délicieux gâteau.

— Que de choses! s'écria le savant, mais tu es fou, mon pauvre Rapopoff, il y a presque de quoi monter une boutique. Jamais nous ne pourrons manger tout cela !

— Ceux-là s'en chargent, petit père, répondit le cosaque en montrant d'un geste éloquent les Esquimaux qui riaient d'un rire béat, la bouche fendue jusqu'aux oreilles.

M. Bondonnat était, ce jour-là, de si belle humeur qu'il ne songea pas à gronder Rapopoff.

— Tu as raison, lui dit-il, ces deux braves Esquimaux, grâce auxquels, somme toute, nous devons notre liberté, reprennent la mer demain pour regagner l'île des Pendus. Il est juste qu'on leur fasse fête avant de leur dire adieu !

Le cosaque était devenu tout à coup pensif.

— J'aime mieux, fit-il, qu'ils y retournent que moi, dans cette île maudite. Je suis sûr qu'ils y seront très mal accueillis.

— Non, dit M. Bondonnat, si je croyais qu'il leur arrivât quelque désagrément, je les garderais avec moi, mais il n'en sera pas ainsi; lorsqu'ils vont à la pêche, ils restent parfois plusieurs jours en mer, pour peu qu'ils soient entraînés par un vent contraire. Puis, comme on aura trouvé mon prétendu cadavre, on n'aura pas la pensée de les inquiéter.

Les Esquimaux dépassèrent les espérances de M. Bondonnat. Ils trouvèrent tout délicieux, petits chiens, vers de terre, ailerons de requin, ils dévorèrent tout. On voyait leur panse s'arrondir à vue d'œil et M. Bondonnat redoutait, à part lui, qu'ils ne vinssent à éclater.

Il n'en fut rien, heureusement. Les deux pêcheurs, dont l'estomac était sans doute aussi robuste que celui des serpents boas, passèrent une nuit paisible et le lendemain matin, frais et dispos, ils se présentèrent devant le savant pour lui faire leurs adieux.

M. Bondonnat leur permit d'emporter les restes du dîner oriental en guise de provisions de voyage et, ce qui leur fit encore plus plaisir, il leur remit à chacun cent dollars en bonne monnaie d'argent.

Rapopoff alla les reconduire jusqu'à leur embarcation et revint d'un air satisfait apprendre à son maître que les Esquimaux avaient repris la mer, favorisés par une excellente brise du sud-ouest qui devait les mener rapidement à bon port.

Le lendemain et les jours suivants furent employés par le naturaliste à s'installer dans sa villa, dont il se montrait de plus en plus content, puis il visita la ville, une incohérente petite cité où les palais de brique coloriée faisaient vis-à-vis à des cahutes couvertes de feuilles de palmiers et à des maisonnettes de bambou et de papier, jolies et frêles comme des jouets.

D'ailleurs, le vieillard n'excitait plus la curiosité de personne. Depuis qu'on savait qu'il était en bons termes avec le gouverneur Noghi, chacun lui montrait la plus aimable prévenance.

Au cours de ses promenades, le savant put se convaincre que M. Noghi n'avait pas exagéré en parlant du pittoresque de l'île. Placé en dehors des grands chemins de la civilisation, ce coin de terre avait gardé toute son originalité, toute sa couleur propre; de plus, le climat, très chaud, mais tempéré par la brise du Pacifique, en faisait un véritable Eden où poussaient à la fois toutes les plantes du Japon et une grande partie de celles de Java et des îles Polynésiennes.

L'air était délicieusement embaumé d'un parfum léger et subtil où se combinaient le musc, l'ambre et les fleurs du citronnier. Dans cette atmosphère enchantée, le seul fait d'exister était un véritable bonheur.

M. Bondonnat, amolli par ce climat perfide, perdait de son énergie, se laissait aller à de longues rêveries, à des heures entières de paresse, dans son jardin touffu comme une clairière, ou sur le rivage où retentissait l'éternelle et bruissante chanson du vent dans le feuillage des filaos et des grands cocotiers.

Le savant, en allant faire une visite au gouverneur Noghi, avait appris avec plaisir que la petite indigène Hatôuara se portait aussi bien que possible, mais il n'avait plus entendu parler d'elle ni de son père.

Huit jours s'écoulèrent ainsi sans que le vieux savant s'ennuyât une minute. Il fut agréablement surpris un matin, en voyant entrer chez lui la gentille malade accompagnée de son père, qui, pour cette visite importante, avait jugé bon de revêtir un complet à grands carreaux de couleur voyante, qui semblait emprunté à la garde-robe d'un clown; un chapeau de fibres de cocotier, imitant le panama, complétait ce déguisement mondain.

Hatôuara, elle, soit par bon goût naturel, soit par impossibilité pécuniaire, n'avait pas jugé à propos de faire appel aux modes européennes pour sa parure; ses cheveux, un peu crépus et d'un noir bleuâtre, étaient relevés à la mode japonaise et retenus par des épingles de corail, et elle n'avait pour tout vêtement qu'un léger kimono de soie, où couraient des arabesques de feuillage et de fleurs et qui lui laissait les bras nus jusqu'aux coudes.

La jeune fille avait le teint couleur de cuivre clair, le nez droit et délicatement modelé. Ses lèvres un peu fortes et ses langoureux yeux noirs lui donnaient une grâce sauvage dont rien, parmi nos pâles beautés, ne peut donner une idée.

Hatôuara était admirablement faite; et dans toute sa personne, de ses seins menus qui pointaient sous l'étoffe légère jusqu'à ses hanches déjà opulentes, un sculpteur n'eût rien trouvé à critiquer. Ce beau corps avait la pureté de dessin d'un vase grec ou d'une svelte fleur.

Puis il y avait en elle une vivacité de mouvements, une franchise de regards et de gestes d'un charme presque animal, qui ajoutait encore à ses autres séductions.

Hatôuara était chargée d'un filet de raphia tressé, rempli des fruits les plus magnifiques. C'était un présent qu'elle venait apporter à son sauveur et qu'elle promettait de renouveler très souvent.

Rapopoff disposa dans une corbeille ce savoureux cadeau, dont la salle à manger se trouva tout embaumée. M. Bondonnat régala ses visiteurs d'une tasse d'excellent thé jaune, accompagnée de confitures et de gâteaux secs, et l'on causa.

Amalu, le père de Hatôuara, avait amassé une certaine fortune en faisant le trafic dans les îles Polynésiennes, sur une petite goélette dont il était le propriétaire. Maintenant, ses économies solidement placées à la succursale de la banque d'Yokohama, il vivait paisiblement de ses rentes, et son seul souci était de trouver à sa fille un époux digne d'elle.

Il accabla M. Bondonnat de questions sur l'Europe, sur la France et sur Paris, et le vieux savant le renseigna avec sa patience et sa bonté accoutumées. Quant à Hatôuara, elle se tenait silencieuse, contemplant avec admiration le mobilier de la salle à manger; puis elle alla visiter le jardin, et elle revint au moment où Amalu voulait à toute force lui faire accepter au docteur, à titre d'honoraires, plusieurs pièces d'or anglaises. M. Bondonnat refusa énergiquement, au grand chagrin du brave homme.

— Que pourrais-je donc faire pour vous être agréable? demanda-t-il au savant.

— Eh bien, tenez, au moment où vous êtes entré, je me préparais justement à aller à la pêche. Venez avec moi! Vous me montrerez les bons endroits.

— Je vais vous laisser ma petite Hatôuara. C'est une pêcheuse fort habile et elle sera très heureuse de vous accompagner.

— J'accepte avec grand plaisir. Allons, Rapopoff, apporte les lignes et le panier.

Dix minutes après, tous trois descendaient sur le rivage, qui n'était qu'à quelques pas de la clôture du jardin, et l'on s'installait dans une petite anse que Hatôuara déclara très poissonneuse. Le ciel et la mer étaient d'un azur admirable et les vagues venaient presque caresser à la racine des cocotiers et des tamariniers au feuillage d'un vert éclatant.

L'eau était si calme qu'on apercevait dans

les profondeurs les broussailles blanches des coraux, au-dessus desquelles se balançaient les méduses étincelantes de toutes les couleurs du prisme. De temps en temps, des vols de poissons roses, lilas, jaune d'or, filaient entre les grandes algues, au pied desquelles s'attachaient les holothuries azurées et les oursins verts et violets.

C'était, sous le cristal de l'onde transparente, une série de fantastiques paysages d'une richesse de tons et d'un éclat presque irréels.

M. Bondonnat jeta sa ligne armée de quelques vermisseaux marins, et bientôt il eut ramené des trygles d'un rouge vif et une murène au corps de velours noir constellé de taches d'or.

Hatôuara le regardait faire avec un sourire de pitié.

Vraiment, songeait-elle, ce vénérable étranger qui lui avait sauvé la vie n'entendait rien à la pêche, il fallait lui donner une leçon.

Sans rien dire, elle avait pris l'épuisette — article anglais trouvé par Rapopoff dans un magasin de la ville — et elle capturait de tout petits poissons qu'elle déposait dans un creux du rocher à côté d'elle. Quand elle en eut assez, elle les mit dans sa bouche; puis, rejetant d'un seul geste son pyjama, elle plongea hardiment dans la mer.

M. Bondonnat, quelque peu estomaqué, la vit filer comme une sirène entre les coraux et les varechs polycolores.

Elle reparut bientôt à la surface, souriante et tenant dans la main deux grosses dorades au ventre d'argent.

— Je suis une petite sauvage, moi, expliqua-t-elle dans son mauvais anglais. Toute enfant, j'ai appris à pêcher de la sorte !

— Comment fais-tu? demanda M. Bondonnat très amusé.

— Ce n'est pas difficile. Je laisse aller un à un les petits poissons et, quand il s'en approche un gros, je le tue d'un coup de dent sur le haut de la tête.

— J'avoue, dit M. Bondonnat avec un paternel sourire, que je serais bien incapable d'en faire autant. Ma ligne me suffit.

Maintenant qu'elle avait montré ses talents au docteur, Hatôuara, sans doute comme sans coquetterie, s'était étendue sur le roc pour sécher son beau corps. Elle allait et venait, vive et pétulante comme un oiseau, cueillant des fleurs, ramassant des cocos tombés des arbres, ou courant après les papillons et les insectes.

M. Bondonnat était enchanté de la gentillesse de sa petite camarade et, quand ils se séparèrent, il la força d'accepter la moitié des poissons qu'ils avaient pris ensemble.

Elle promit de revenir le lendemain à la villa, avec de nouveaux présents.

Dès lors il ne se passa pas un seul jour sans que M. Bondonnat reçût sa visite; tantôt elle apportait des fruits, tantôt de beaux coquillages ou des poissons pêchés pour elle.

Occupé d'études et de promenades, le vieux savant voyait s'écouler les journées sans ressentir le moindre ennui. Et il se promettait

plus tard de revenir avec ses deux enfants, sa fille Frédérique et sa fille adoptive Andrée, pour leur faire visiter cette île enchanteresse. Basan était décidément un pays sans défaut. Les habitants mêmes, presque tous bouddhistes, y étaient très doux, très bons et très serviables. Le gouverneur Noghi avait bien prévenu M. Bondonnat que les voleurs étaient nombreux dans l'île et d'une habileté stupéfiante, mais jusqu'ici le savant n'avait eu à se plaindre de personne; cependant, par mesure de prudence, il faisait coucher le fidèle Rapopoff sur une natte en travers de la porte de sa chambre et, cette précaution prise, il dormait aussi paisiblement dans son lit de cuivre que s'il ne se fût pas trouvé dans une île perdue, à deux ou trois mille lieues de son pays natal.

Un matin, M. Bondonnat constata avec la plus vive surprise que les tiroirs du petit meuble de camphrier étaient demeurés entr'ouverts, et il s'aperçut bientôt que ses papiers avaient été fouillés, bouleversés comme par une main impatiente.

— Voilà qui est étrange ! s'écria-t-il.

Et s'approchant de Rapopoff, fort occupé en ce moment à épousseter :

— Tu n'es pas sorti cette nuit?

— Non, petit père.

— Tu n'as pas quitté ta place?

— Je n'ai pas bougé du seuil de la porte. Je n'ai fait qu'un somme.

— Tu n'es pas somnambule?

Le cosaque ouvrit de grands yeux. Il fallut un quart d'heure pour lui expliquer ce qu'est un somnambule, et, quand il eut compris, il déclara qu'il était absolument indemne de cette singulière infirmité.

— Voilà qui est extraordinaire. C'est peut-être moi, après tout, qui suis somnambule !

M. Bondonnat se plaisantait lui-même, car il avait les nerfs parfaitement équilibrés et n'avait jamais eu à en souffrir.

Un peu préoccupé, il remit en ordre ses notes et ses paperasses. Il n'avait pas encore terminé quand le cosaque lui demanda de l'argent pour aller aux provisions.

M. Bondonnat prit la petite clé qui ouvrait un des tiroirs du meuble, celui qu'il avait fermé lui-même, la veille au soir, et il constata avec une stupeur profonde que ce tiroir, lui aussi, était ouvert.

Le portefeuille qui contenait les banknotes était bien à sa place, mais il paraissait considérablement désenflé.

Très intrigué, il fit son compte. Dix billets de banque manquaient à la liasse qui lui avait été jadis remise par les lords de la Main Rouge.

Il était profondément stupéfait. Cette fois, sa perspicacité était en défaut. Il était impossible que quelqu'un fût entré sans réveiller le cosaque et, d'un autre côté, il ne pouvait soupçonner ce brave Rapopoff, qui lui avait donné tant de preuves de dévouement et qui, d'ailleurs, avait toujours professé un profond mépris de l'argent.

M. Bondonnat examina la fenêtre. C'était une de ces fenêtres dites à guillotine, qui s'ouvrent

de haut en bas et qui sont usitées dans toutes les
colonies anglaises. Le verrou intérieur était
poussé et ce n'était pas par cette voie qu'avait
pu passer le voleur !

Il en était de même des fenêtres du rez-de-
chaussée, et, quant aux deux portes, celle qui
donnait sur la route et celle qui aboutissait
au jardin, le savant les retrouva dans l'état
où elles étaient la veille au soir, c'est-à-dire
fermées à clé.

C'était à n'y rien comprendre.

M. Bondonnat se livra aux suppositions les
plus folles, sans en trouver une qui fût vrai-
semblable.

En désespoir de cause, il alla jusqu'à sonder
les murailles à coups de marteau, pour voir si
elles ne recélaient pas une issue secrète ; partout, les murailles sonnaient le plein et, d'ailleurs, elles étaient trop peu épaisses pour pouvoir dissimuler une trappe quelconque.

Le vieux savant passa une partie de la matinée à essayer de deviner cette énigme, il ne
put y parvenir ; il finit par y renoncer, en essayant de se persuader à lui-même qu'il avait
été le jouet d'une hallucination ou la victime
d'une crise subite d'amnésie.

Mais il était loin d'être convaincu.

— Décidément, fit-il en hochant la tête, je
crois plutôt que j'ai eu affaire à un voleur invisible.

CHAPITRE II

LE PIED NU

M. Bondonnat déjeuna, ce jour-là, dans son
jardin, au milieu de ces fleurs et de ces plantes
exotiques qui étaient pour lui comme des amies
et dont il connaissait, à point nommé, toutes
les espèces et toutes les variétés.

— Ma foi, se dit-il philosophiquement, après
avoir pris son café, je ne veux pas me faire de
bile au sujet de ce vol ! Ceux qui l'ont commis
doivent se tenir pour satisfaits et ne reviendront sans doute plus. D'ailleurs, il faut qu'ils
soient relativement honnêtes ! Ils auraient pu
tout prendre. Ne pensons plus à cela et allons
faire une promenade.

Le savant mit aussitôt ce projet à exécution.
Il se coiffa d'un léger chapeau de rotin, se munit
d'un grand parasol en papier et descendit jusqu'au rivage, s'arrêtant de temps en temps pour
contempler les jeux des mouettes et des cormo-
rans, ou pour examiner quelque fleur ou quelque pierre.

Il allait lentement, en flâneur, côtoyant le
rivage, à l'ombre de superbes cocotiers où
s'ébattaient des écureuils et des rats palmistes.

Puis il suivit un sentier qui le mena sur la
plage même, et il marcha sur le sable couvert
d'une profusion de coquillages nacrés.

Jamais il n'avait senti avec autant de bonheur
les charmes de la promenade et de la méditation.
Comme il lui était doux de flâner ainsi, au milieu
d'un des plus beaux paysages du monde, après
tant de mois d'une si dure captivité !

Bercé par sa rêverie, M. Bondonnat ne s'apercevait pas qu'il avait fait beaucoup de chemin ;
enfin il se trouva au milieu d'un site véritablement grandiose, mais qui lui était tout à fait
inconnu ; il ne s'était pas encore aventuré si loin
de sa maison.

Au-dessus d'une forêt où se mélangeaient
toutes les essences propres aux contrées tropicales, il apercevait des coupoles dorées, de
sveltes tourelles ; toute une architecture com-
pliquée et élégante, qui le fit songer à ces châ-
teaux habités par des génies que l'on trouve
à chaque page des contes arabes.

Il eût bien voulu visiter ce magnifique
édifice ; mais il en était séparé par d'inextricables fourrés de plantes épineuses, au milieu
desquels il n'eût été ni facile ni prudent de se
risquer, car ils devaient servir d'asile à tout un
monde de reptiles.

Le naturaliste se résigna donc à continuer
à suivre le rivage, et il déboucha bientôt dans
une baie profonde, une sorte de fjord qui
s'avançait jusqu'au milieu de la forêt.

Au fond de cette baie, que bordait une falaise
abrupte, se trouvaient de nombreuses cavernes
produites par l'incessant et patient travail des
flots.

Il marcha de ce côté, mais il poussa tout
à coup un cri de surprise en se trouvant inopi-
nément en présence d'un homme misérable-
ment vêtu, à la barbe hirsute, qui, assis sur le
sable, à l'ombre de la falaise, déjeunait de
quelques coquilles bivalves, dans le genre de nos
clovisses, les ouvrant avec un couteau et en
rejetant ensuite au loin les coquilles.

En s'approchant, M. Bondonnat remarqua
avec surprise que cet homme à la mine égarée
était un blanc, sans doute un Européen, peut-
être même un Français comme lui, car ses cheveux et sa barbe en désordre étaient d'un blond
ardent.

Le savant pensa tout de suite qu'il se trouvait en présence de quelque matelot déserteur,
et il s'approcha, mû par la curiosité et aussi
par la pitié, car ce pauvre être paraissait dans
un état lamentable.

A la vue de M. Bondonnat, le solitaire fit un
geste pour s'enfuir ; mais, en reconnaissant qu'il
avait affaire à un homme de sa race, il demeura
et une sorte de sourire se dessina sur sa face
chagrine.

M. Bondonnat crut utile d'engager la conversation en demandant quelques renseignements sur la route à suivre pour regagner le
port de Basan.

Sans y songer, M. Bondonnat s'était exprimé
en français. Ce fut avec un plaisir inexpri-
mable qu'il entendit l'inconnu lui répondre
dans la même langue :

— Monsieur, vous n'avez qu'à suivre le rivage. Il est impossible que vous vous égariez.
Il y a bien un sentier plus court, qui coupe
à travers le bois, en passant devant le temple
bouddhique, mais vous pourriez vous perdre ;
il est plus prudent de longer la mer.

— Je vois avec plaisir que je me trouve en
présence d'un compatriote. Vous êtes Français ?

— Oui, répondit l'homme d'un air sombre.

— Y a-t-il longtemps que vous êtes ici ?

— Je ne sais pas au juste... un mois... peut-être plus !

M. Bondonnat s'aperçut que ses questions déplaisaient à l'homme, dont les traits avaient repris leur expression farouche.

— Si je vous interroge ainsi, reprit-il, ce n'est pas, croyez-le, pour satisfaire une vaine curiosité. C'est pour savoir si je ne pourrais pas vous être utile de quelque manière !

— Je n'ai besoin de rien.

— Pourtant, vous ne me semblez pas très heureux. Si une somme d'argent quelconque...

— Je ne veux rien, répliqua l'homme avec une sourde colère. Je me trouve bien comme je suis. Je ne veux pas qu'on s'intéresse à moi ni qu'on s'occupe de moi !

M. Bondonnat était profondément ému.

— Vous devez avoir éprouvé de bien grands malheurs, dit-il; mais il y en a bien peu qui soient complètement irréparables !

Comme l'homme gardait le silence, les suppositions du naturaliste prirent une autre orientation.

— Auriez-vous été victime de quelque entraînement ? auriez-vous commis quelque faute, quelque crime ? demanda-t-il.

Cette hypothèse eut pour résultat de tirer l'inconnu de son apathie.

— Monsieur, répondit-il, je ne vous connais pas, mais vous me paraissez rempli de bienveillance à mon égard et je ne voudrais pas que vous me preniez pour un malfaiteur...

— Je me nomme Prosper Bondonnat.

— Le célèbre naturaliste ?

— Lui-même.

— Mon cher compatriote, je vais vous raconter mon histoire en deux mots. Mais vous verrez que la catastrophe dont j'ai été victime est irréparable, et qu'il vaut mieux que vous me laissiez à mon chagrin et à ma tristesse.

— Je vous écoute, dit le savant en s'asseyant sur le sable.

— Je me nomme Louis Grivard, reprit le jeune homme, et mon nom ne vous est peut-être pas tout à fait inconnu, car j'ai, à plusieurs reprises, organisé, en France et en Amérique, des expositions de peinture qui ont eu un certain succès !... C'est à New-York que j'ai connu celle qui devait devenir ma femme, ma chère Lorenza...

... ce nom, l'artiste fondit en larmes, et ce ne fut qu'au bout de quelques minutes qu'il put continuer son récit.

— Nous étions parfaitement heureux. Nous nous étions aimés dès le premier jour que nous nous vîmes. Il y avait entre nous deux une si merveilleuse union, une harmonie si parfaite, que jamais, même sans nous être donné le mot, nous n'avons été d'un avis différent sur aucune question ! D'un seul regard, nous nous comprenions. C'était un bonheur au-dessus de celui de la simple humanité, et il n'est pas extraordinaire qu'il n'ait pas duré et qu'il ait fini de façon aussi tragique.

« Nous étions mariés depuis quelques semaines à peine, lorsqu'on nous fit une proposition très avantageuse. Il faut vous dire que ma chère Lorenza possédait l'étrange pouvoir de rendre aux perles mortes tout leur éclat et tout leur orient. Plusieurs fois même, des souverains la firent appeler pour lui confier leurs joyaux.

— En effet, j'ai entendu parler de cela, dit M. Bondonnat.

— C'est vous dire que la pauvre Lorenza se connaissait admirablement en perles. Un marchand de pierres, dont nous avions fait la connaissance, cherchait une personne de confiance pour aller à Ceylan, à Timor, en Océanie, acheter des quantités considérables de perles. Il pensa que Lorenza était toute désignée pour cette délicate mission ; et il nous proposa d'entreprendre, à ses frais, dans les conditions les plus agréables, un voyage autour du monde. Comme j'hésitais, il fit valoir à mes yeux les facilités que j'aurais, en contemplant des paysages exotiques, de trouver dans mon art une note nouvelle et puissamment originale; Paul Gauguin n'est-il pas allé à Taïti, et Besnard aux Indes? Puis n'était-ce pas le plus merveilleux des voyages de noces?

« Nous nous laissâmes convaincre et nous partîmes. Les premières semaines de notre excursion furent idéales. Je puis presque mourir, après avoir été aussi heureux que je le fus pendant ces quelques jours.

« D'ailleurs, nos affaires marchaient à souhait. A Ceylan, à Timor nous conclûmes, pour le compte de notre mandataire, des marchés très avantageux. C'est alors que j'eus la fatale idée de passer quelque temps dans cette île de Basan, dont le charme perfide m'avait séduit, et qui est le rendez-vous d'un grand nombre de pêcheurs et de trafiquants en nacre.

« Nous louâmes une maisonnette dans la banlieue de la ville et, sans négliger le côté sérieux de notre mission, nous commençâmes nos excursions à travers ces paysages merveilleux.

« C'est alors qu'une première catastrophe, vint s'abattre sur nous, au milieu de cette tranquillité et de ce bonheur, comme la foudre éclatant dans un ciel serein.

« Un matin, nous nous aperçûmes que toutes nos perles, qui étaient la propriété de notre mandataire et qui représentaient une somme énorme, avaient disparu; le coffret de fer qui les renfermait n'avait même pas été forcé; c'était pour nous la ruine et même le déshonneur, car personne ne croirait jamais que nous nous soyons laissés voler aussi naïvement.

« Je me plaignis à Noghi, le gouverneur. Avec beaucoup de zèle, du moins en apparence, il commença une enquête ; cette enquête ne donna aucun résultat, et, quoi que je n'en sois pas sûr, j'ai toujours pensé que ce rusé Japonais était complice de mes voleurs.

« Pourtant, nous ne perdîmes pas courage. Je passe pour avoir du talent; Lorenza, de son côté, gagnait beaucoup d'argent, grâce à la merveilleuse faculté qu'elle possède; nous résolûmes de nous mettre au travail et d'amasser une somme suffisante pour rembourser le prix des perles. Notre amour nous tenait lieu de tout; nous nous aimions tellement qu'aucun malheur n'était capable de nous abattre.

« Est-il besoin de vous dire que nous avions résolu de quitter le plus tôt possible cette île de malédiction... c'est alors qu'éclata la suprême catastrophe !...

Ici l'artiste se mit à trembler, un sanglot l'étreignit à la gorge.

— Deux jours avant notre départ, bégayat-il, Lorenza disparut de la même façon mystérieuse que les perles !... Oui, monsieur, c'est épouvantable, mais c'est ainsi. Un matin, en me réveillant, je ne la trouvai plus à mes côtés. Et, ce qu'il y a de plus désespérant, nulle trace d'effraction, nul vestige, nul indice !... J'étais désespéré !...

« Je retournai chez le gouverneur, je priai, je suppliai, je menaçai. Comme la première fois il feignit de se rendre à mes instances; il fit même arrêter quelques habitants sur lesquels pesaient des soupçons; mais, finalement, il n'obtint aucun résultat, et, petit à petit, ne s'occupa plus de l'affaire.

M. Bondonnat était profondément troublé. En songeant au vol dont il avait été victime la veille, il se demandait à quels malfaiteurs mystérieux il pouvait avoir affaire. C'étaient les mêmes, sans nul doute, qui s'étaient emparés des perles et qui avaient enlevé Lorenza.

— Continuez, dit-il à l'artiste, qui, maintenant, semblait retomber dans son abattement. Il est nécessaire que je connaisse cette aventure dans les moindres détails.

— Je vous ai raconté l'essentiel, reprit l'artiste. J'ai été fou pendant plusieurs jours, errant dans les bois et le long de la mer sans vouloir prendre aucune nourriture. Je cherchais Lorenza; c'était mon idée fixe. Je la cherche toujours, j'ai la conviction qu'elle est encore vivante. Pourquoi l'aurait-on tuée? Si j'avais la certitude qu'elle fût morte, je ne lui survivrais pas d'une minute. L'espoir de la retrouver est la seule chose qui me donne le courage de ne pas mourir...

— Voilà, certes, une étrange histoire, murmura M. Bondonnat sincèrement apitoyé. Mais pourquoi n'avez-vous pas regagné le Japon, adressé une plainte en règle au consulat de France? Il me semble qu'à votre place c'est ce que j'aurais fait.

Louis Grivard eut un rire amer.

— Vous oubliez, mon cher compatriote, que j'étais sans argent, complètement ruiné, mes bagages vendus pour payer le loyer de notre maison et les frais des premières et inutiles recherches !... Mais ce n'est pas encore la vraie raison. J'aurais peut-être pu, en m'engageant comme matelot, regagner Yokohama, mais la seule pensée de quitter le pays où se trouve encore certainement ma Lorenza me bouleversait. D'ailleurs, ne suis-je pas ici? Aux yeux de mon mandataire, aux yeux de la loi française ne suis-je pas un voleur?... Peut-être qu'en mettant le pied sur le quai de quelque port civilisé, des policemen me prendraient au collet ! mon signalement doit avoir été envoyé partout...

M. Bondonnat prit la main du malheureux artiste et l'étreignit avec effusion.

— Mon pauvre ami, lui dit-il, ce n'est pas en vain que vous m'avez raconté votre histoire. Je vous le promets, je ferai tout ce qui est humainement possible pour éclaircir cet affreux mystère et pour retrouver votre femme. Mais j'ai, moi aussi, bien des choses à vous raconter.

M. Bondonnat narra son séjour à l'île des Pendus, sa captivité chez les bandits de la Main Rouge et la façon extraordinaire dont il s'en était évadé. Il termina son récit en expliquant de quelle façon lui-même, la nuit précédente, avait été victime d'un vol dont les circonstances rappelaient exactement celui grâce auquel l'artiste avait été dépouillé.

— Ce sont, évidemment, les mêmes bandits, répondit Louis Grivard, et je tremble qu'il ne vous arrive à vous aussi quelque malheur.

— Soyez tranquille, répondit M. Bondonnat avec énergie, je vais prendre des précautions; puis je ne vous cacherai pas que ce mystère me passionne ! Il faut absolument que je sache la vérité ! J'y mets mon amour-propre de savant.

L'artiste hocha la tête avec tristesse.

— Je doute fort que vous réussissiez ! fit-il.

— J'ai cependant découvert des choses plus difficiles, que diable ! Laissez-moi réfléchir, trouver un plan, un stratagème, et vous verrez... Mais quittons cela pour l'instant; vous n'allez pas, je suppose, continuer à vivre en lycanthrope, sous ces haillons. Je vous emmène avec moi, il y a une place pour vous dans ma maisonnette.

— Je suis sincèrement touché de votre bonté, mais je refuse... Je ne pourrais dormir sous un toit, dans une pièce close de tous côtés. Je me réveillerais en sursaut toutes les cinq minutes, en croyant sentir près de moi les invisibles malfaiteurs. Venez avec moi, je vais vous montrer où je loge.

Louis Grivard alla jusqu'à l'entrée d'une des cavernes, au fond de la baie, sous la haute voûte d'origine madréporique. M. Bondonnat aperçut un lit de feuilles de palmier et de grands coquillages qui servaient de vases à boire au solitaire, une petite source tombait de la falaise et allait se perdre dans les sables.

Au-dessus du roc c'était la forêt avec ses lianes inextricables et ses verdures majestueuses.

— Voilà mon antre, dit Louis Grivard avec un mélancolique sourire. C'est là que je dors pendant une grande partie de la journée, ne sortant que pour me procurer des fruits et des coquillages; mais, la nuit, je la passe tout entière à errer dans l'île, je rôde par les rues de la ville, écoutant les conversations, regardant et observant tout.

Le malheureux ajouta avec un regard morne :

— Qui sait ? Il suffira peut-être d'un mot pour me mettre sur la bonne piste !... Au matin, je rentre brisé de fatigue, et je dors; voilà ma vie !

Malgré toute l'insistance de M. Bondonnat, Louis Grivard refusa énergiquement d'aller habiter la villa; mais il fut convenu que le savant le visiterait fréquemment et le tiendrait au courant de tout ce qui pourrait arriver d'intéressant.

Au moment de se retirer, le naturaliste remarqua que les parois de la grotte étaient sculptées d'idoles monstrueuses, aux longs yeux en amande, aux grosses lèvres souriantes; et il pensa que cet endroit avait peut-être été, avant l'apparition du bouddhisme dans cette île, un temple consacré aux idoles, à ces mauvais génies à l'existence desquels croient tous les sauvages océaniens.

Ce qui le fortifia dans son opinion, c'est qu'à cinq ou six mètres de l'entrée, la caverne était barrée par des éboulements, et il se rappela avoir vu autrefois dans l'Inde des cryptes pareillement ornées de statues gigantesques.

M. Bondonnat revint lentement chez lui, en proie à une vive préoccupation. La confidence de Louis Grivard le forçait de s'occuper de nouveau du vol de la nuit précédente. Il s'était juré qu'il arracherait ce malheureux à sa triste situation. Mais il avait beau chercher, se creuser la tête, il n'arrivait pas à découvrir la ruse victorieuse, la bonne idée qui lui permettrait de mettre la main sur les invisibles malfaiteurs.

Ce soir-là, il ne mangea que du bout des dents. Il avait le cœur serré et le cosaque Rapopoff lui-même fut frappé de sa tristesse. Il regagna sa chambre tout soucieux. Mais, avant de se coucher, il ordonna à Rapopoff d'étendre, depuis la porte de la pièce jusqu'au petit meuble de camphrier qui se trouvait à l'autre extrémité, une longue natte de rotin; il se fit apporter de la farine de riz et, à l'aide d'un tamis, il en répandit une couche parfaitement égale sur toute la surface de la natte.

— Comme cela, fit-il, si mes dévaliseurs ne sont pas tout à fait de purs esprits, ils seront forcés de laisser quelques traces de leur passage, en admettant qu'ils reviennent. Ce que je ne crois guère.

Il prit encore une autre précaution, ce fut de placer sous son chevet le portefeuille qui contenait le reste de ses banknotes. Puis, satisfait de cette idée, il se mit au lit.

Fatigué par sa longue excursion, M. Bondonnat, presque aussitôt couché, tomba dans un profond sommeil et dormit tout d'une traite jusqu'au matin.

En sautant à bas de son lit, son premier soin fut de regarder la natte; la farine de riz portait les traces parfaitement nettes d'un tout petit pied nu, un pied de femme ou d'enfant. M. Bondonnat regarda autour de lui. De même que la première fois, tous les meubles avaient été bouleversés, les papiers demeuraient en désordre dans les tiroirs entr'ouverts.

— Cette fois, par exemple, s'écria le savant, c'est trop fort !

Il glissa la main sous son oreiller. Le portefeuille s'y trouvait bien, mais il avait encore diminué de volume. Les voleurs, enhardis par un premier succès, avaient enlevé vingt banknotes de mille dollars chacune.

Jamais — même lorsqu'un hasard l'avait mis sur la voie de découvertes étonnantes — M. Bondonnat n'avait été aussi stupéfié. Il tiraillait ses favoris blancs pour bien se constater à lui-même qu'il ne dormait pas.

— Voyons, répétait-il, mais c'est insensé ! Ces indigènes ne sont pourtant pas sorciers,

que diable ! et nous ne sommes plus au moyen âge !

Il ouvrit la porte de sa chambre, qu'il trouva fermée à clé comme la veille, et il réveilla Rapopoff, qui, étendu sur sa natte en travers du seuil, dormait encore, en ronflant comme un tuyau d'orgue.

De même que son maître, le cosaque avait dormi tout d'une traite et n'avait été réveillé par aucun bruit suspect.

L'énigme demeurait insoluble.

— Pourtant, se répétait M. Bondonnat profondément intrigué, je voudrais bien savoir à qui appartient ce joli pied nu !

CHAPITRE III

L'APPARITION

Le reste de la matinée, M. Bondonnat fut en proie à un étrange malaise moral; il avait l'impression d'être comme happé entre les roues d'un engrenage invisible. Toutes ses lectures sur les cas de suggestion et de hantise lui revenaient en mémoire et il avait *maintenant la certitude* que les mystérieux cambrioleurs ne s'en tiendraient pas là.

Enfin, il devinait que les événements incompréhensibles dont sa demeure était le théâtre continueraient à se dérouler avec une logique inflexible et bizarre.

Il fut un peu distrait de ses soucis par la visite de la gentille Hatôuara, toute fière d'une robe de soie bleue toute neuve, de jolies babouches brodées d'or et d'un beau collier de corail, dont son père lui avait fait présent le matin même. Elle apportait un panier de crabes épineux et fantasques dans leurs formes comme des monstres japonais, et de ces grosses crevettes des mers tropicales que l'on appelle des « caraques » et qui sont longues comme la main.

— Je vous apporte une bonne nouvelle, docteur, baragouina-t-elle dans son mauvais anglais, le paquebot américain que l'on n'attendait que dans une douzaine de jours sera ici ce soir.

— Qui t'a dit cela ?

— Tout le monde sur le quai. Le vapeur a été aperçu au large par les pêcheurs.

— Je te remercie, mon enfant, murmura le savant devenu brusquement tout songeur.

— Alors, vous allez nous quitter ? fit Hatôuara avec l'expression d'une réelle tristesse dans la voix.

— Je ne sais pas encore, répondit-il. Mais va donc jouer dans le jardin avec Rapopoff, j'ai besoin de réfléchir.

M. Bondonnat était perplexe. Malgré son vif désir de se rembarquer pour la France, il lui en coûtait énormément de quitter l'île de Basan sans avoir découvert ses voleurs. Il avait le cœur gros à la pensée d'abandonner à son désespoir le malheureux Grivard, auquel, entraîné par sa générosité naturelle, il avait fait, peut-être un peu imprudemment, de si belles promesses.

— Je crois, songea-t-il, qu'il faudra que je reste encore quelque temps dans cette île diabolique. Je sais qu'il y aura un autre vapeur dans une quinzaine. Le retard n'est pas énorme, et je pourrai toujours charger quelqu'un du paquebot d'un télégramme destiné à ma fille, afin de la rassurer... Et pourtant ai-je bien le droit de faire attendre ainsi ma pauvre Frédérique?

M. Bondonnat était en proie à la plus cruelle indécision. Il ne put se décider à prendre une résolution, quelle qu'elle fût, et il conclut que le mieux était de se laisser guider par les événements. Il se promettait, d'ailleurs, de faire tout ce qui serait en son pouvoir pour hâter la solution de l'énigme et le dénouement du drame; mais plus il réfléchissait, plus il constatait que ce qu'il pouvait se bornait à bien peu de chose.

Nerveux et indécis, agité et mécontent, le savant ne sortit pas ce jour-là. Il passa toute l'après-midi, assis dans son jardin, à l'ombre d'un cycas, à réfléchir et à feuilleter quelques livres anglais, qu'il avait trouvés chez un papetier japonais de Basan.

Hatouara ne l'avait pas trompé. Un peu avant le coucher du soleil, Rapopoff vint annoncer qu'un grand navire à vapeur était mouillé dans la rade. D'une des fenêtres du premier étage, M. Bondonnat put voir la coque allongée d'un steamer de moyen tonnage, ancré à environ deux kilomètres de la côte et qu'entouraient déjà la foule des jonques, des sampans et des barques chargés de fruits et de marchandises locales.

Le vieux savant, décidément, avait perdu l'appétit; ce soir-là, de même que la veille, c'est à peine s'il toucha à l'excellent repas que lui avait apprêté son cosaque.

Comme ce dernier était occupé à desservir, M. Bondonnat l'interpella brusquement.

— Rapopoff, lui dit-il, tu sais que l'on me vole presque toutes les nuits?

— Oui, petit père!

— Eh bien, il faut que tu m'aides à découvrir les voleurs. Cette nuit tu te coucheras sur ta natte, mais tu ne dormiras pas; et, si quelqu'un vient, tu l'empoigneras et tu m'appelleras!

Dressé dès l'enfance à l'obéissance passive, le cosaque ne fit pas la moindre objection à ce plan. Il s'étendit, comme chaque soir, sur sa natte, en travers de la porte, avec la ferme résolution de ne pas fermer l'œil de la nuit.

Sur le conseil de M. Bondonnat, il avait placé à côté de lui, à portée de sa main, un grand sabre japonais et un revolver.

Le naturaliste, une fois dans sa chambre, souffla sa lampe, s'étendit tout habillé sur son lit, après avoir eu soin de serrer son portefeuille dans la poche intérieure de son veston. Il était, lui aussi, bien résolu à rester éveillé jusqu'aux premiers rayons du jour.

La nuit était très chaude; l'air était embaumé par la voluptueuse haleine des jardins et des bois. M. Bondonnat entr'ouvrit légèrement sa fenêtre; il aspira avec délices cette brise chargée de langoureux arômes.

Peu à peu, il lui sembla que jamais le vent du soir n'avait été chargé d'odeurs aussi enivrantes. Il n'avait qu'à fermer à demi les yeux pour se croire transporté dans un champ de tubéreuses et de narcisses, d'où montaient des senteurs d'une volupté accablante.

Bientôt ses yeux se fermèrent tout à fait et il s'endormit.

Il faisait grand jour quand il se réveilla; et tout d'abord, il eut beaucoup de peine à mettre de l'ordre dans ses idées. Ce ne fut qu'après plusieurs minutes d'efforts qu'il se rappela qu'il s'était promis de ne pas se laisser aller au sommeil; mais il prit vite son parti de cette négligence.

— Bah! se dit-il, j'ai mangé la consigne. C'est tant pis! Rapopoff aura sans doute été plus vigilant que moi!

Il sauta en bas de son lit, et son premier soin fut de jeter un coup d'œil sur la natte couverte de farine de riz qu'il avait eu la précaution de disposer de la même façon que la première fois. La trace des petits pieds nus s'y était en évidence.

— Par exemple! s'écria le naturaliste, voilà qui dépasse la permission! C'est se moquer du monde! Et cet imbécile de Rapopoff qui s'est endormi, malgré ma défense! Je vais lui dire un peu son fait!

Tout en monologuant ainsi d'un ton fort mécontent, M. Bondonnat avait machinalement porté la main à la poche où se trouvait son portefeuille. Il fut plus irrité que surpris, en constatant que, cette fois encore, on l'avait allégé d'une vingtaine de billets.

Sur les cent banknotes que lui avaient remis autrefois les lords de la Main Rouge, il n'en restait plus guère qu'une quarantaine.

Du coup, M. Bondonnat était véritablement en colère.

— Cela devient insupportable, s'écria-t-il, c'est stupide!... Puis c'est énervant, cette façon de procéder, de m'enlever, à chaque expédition, qu'un petit paquet! J'aimerais presque autant qu'ils eussent tout pris d'un coup, au moins je n'aurais plus à y penser!

Véritablement exaspéré, le savant ouvrit la porte de la chambre, bien décidé à tancer d'importance la négligence et la paresse du cosaque.

Rapopoff avait disparu!

Ses bottes, son bonnet de fourrure, son sabre japonais et son revolver se trouvaient bien à leur place à côté de la natte, mais leur propriétaire n'était plus là!

C'est en vain que M. Bondonnat le chercha dans le jardin et dans les différentes pièces de la villa, Rapopoff s'était éclipsé sans laisser de traces, avait été escamoté comme une muscade.

Cette fois, l'aventure était stupéfiante, pour ne pas dire terrifiante. Tout autre à la place de M. Bondonnat eût été pris de panique et se fût sans nul doute réfugié à bord du vapeur américain, bien décidé à ne pas demeurer une minute de plus dans une île où il se passait de pareilles choses.

Le naturaliste n'eut pas un instant la pensée de céder la place à ses invisibles ennemis. La disparition — ou peut-être l'assassinat — de son fidèle cosaque l'irritait et le peinait profondément. Il ne prit que le temps de faire sa toilette et courut chez le gouverneur Noghi.

Le cauteleux Japonais le reçut, comme à son ordinaire, très aimablement. Il écouta son récit sans broncher, déplora avec lui que de pareils attentats fussent possibles dans un pays civilisé dépendant du sceptre du mikado, et, finalement, lui donna l'assurance formelle qu'il allait mettre en campagne tous les hommes de la police locale.

— Je suis désolé de ce qui vous arrive, conclut-il; mais, comme je vous l'ai dit lors de votre arrivée, ces vols inexplicables sont très fréquents dans l'île de Basan, et, jusqu'ici, il nous a été impossible d'en découvrir les auteurs. Enfin, je vous promets que nous ferons tout ce qui sera en notre pouvoir.

M. Bondonnat se retira, ne conservant que peu d'espoir de retrouver le malheureux cosaque. Il se rendait compte que cette île était le siège d'une puissance occulte contre laquelle il n'y avait rien à faire. Il était furieux, désemparé, ne voyant nullement à quelle résolution il pourrait s'arrêter, enfin profondément humilié par la constatation de son impuissance.

Il rentra chez lui, mangea à la hâte quelques fruits en guise de déjeuner; puis il eut l'idée d'aller conter ses malheurs à Louis Grivard. Il alla donc jusqu'à la caverne qui servait de demeure à l'artiste; il ne trouva personne.

Décidément, tout se tournait contre lui.

Il passa le reste de la journée en proie à une agitation fébrile, allant et venant d'une pièce à l'autre de la villa et, sans qu'il se l'avouât à lui-même, pénétré d'une secrète terreur à la pensée de la nuit qui approchait.

Il songea d'abord à aller chercher Amalu et à se procurer, par l'intermédiaire de l'indigène, quelques hommes robustes pour le garder; mais, après beaucoup d'hésitation, il y renonça. Il lui répugnait un peu de mettre qui que ce soit dans la confidence de ses frayeurs; puis il se disait que le moyen de découvrir le mystère n'était pas de mettre en fuite les singuliers malfaiteurs qui le dévalisaient.

Le résultat de ces réflexions fut celui-ci : il n'appellerait personne, et il monterait la garde lui-même.

Il prit toutes ses mesures pour n'être pas surpris par le sommeil, il absorba plusieurs tasses de café très fort, se munit de son revolver et, laissant entr'ouverte la porte du jardin, il s'assit sous un massif de bambous, se levant de temps à autre pour ne pas se laisser engourdir par la délicieuse atmosphère qui s'échappait des feuillages mouillés de rosée.

L'air était d'une pureté cristalline. Des centaines de rossignols s'égosillaient dans les jardins du voisinage, et les grandes chauves-souris vampires passaient silencieusement devant la lune, sur leurs ailes de velours.

Mais M. Bondonnat était insensible au prestige de la nature tropicale. Il n'avait qu'une idée fixe. Prendre son voleur en flagrant délit, et par l'entre-bâillement de la porte du jardin il surveillait l'autre porte, celle qui donnait sur la rue et qui se trouvait à l'extrémité du corridor du rez-de-chaussée.

Il était près d'une heure du matin, et le naturaliste commençait à se dépiter, lorsqu'il crut entendre un léger grincement à la serrure de la porte extérieure.

Bientôt la porte s'ouvrit silencieusement; une forme se profila dans la pénombre du couloir et, de sa cachette, M. Bondonnat aperçut une étrange apparition.

C'était une jeune fille entièrement nue, sauf un lambeau d'étoffe qui lui couvrait à peine les reins et auquel était suspendu un petit sac de soie; mais, ce qui l'intrigua au dernier point, c'est que la jeune fille, dont un rayon de lune montra le svelte torse cuivré, avait la tête couverte d'un de ces anciens casques japonais qui font aujourd'hui la joie des antiquaires et qui sont faits de lamelles d'écaille ou de corne.

Détail stupéfiant, ce casque n'avait pas de trous à la place des yeux; deux épaisses plaques de corne les bouchaient complètement. Il fallait que celle qui le portait fût aveugle.

L'apparition, qui tenait à la main droite un gros bouquet de fleurs pâles, d'une pénétrante odeur qui rappelait à la fois la tubéreuse et le narcisse, s'arrêta court en face de la porte du jardin et se mit à monter l'escalier qui conduisait au premier étage.

M. Bondonnat éprouva une violente émotion. Il sentait qu'il tenait enfin le premier anneau de la chaîne qui le conduirait à la découverte de la vérité.

— Evidemment, se dit-il, cette espèce de fantôme va encore me dévaliser, mais tant pis ! J'ai mes banknotes dans ma poche. Elle ne les prendra toujours pas. Elle ne tardera sans doute pas à redescendre. Alors nous verrons !

Il ne s'était pas trompé. Au bout de cinq minutes, la jeune fille au casque reparut. Elle tenait toujours son bouquet qu'elle agitait d'un geste machinal; mais M. Bondonnat aperçut, passés dans sa ceinture, une liasse de papiers et l'écrin où se trouvait renfermé l'appareil destiné à mesurer l'intensité des rayons ultra-violets, qu'il avait soigneusement enfermé, la veille, dans le petit meuble de camphrier.

Le naturaliste était prodigieusement intéressé par ce qu'il voyait. Toutes ses suppositions se trouvaient dépassées; il lui semblait être au seuil d'un monde étrange, et il ne put réprimer un léger frisson en songeant à ce qu'il allait sans doute découvrir.

Glissant presque sans bruit sur le dallage du corridor, l'apparition était arrivée à la porte de la rue. Elle l'ouvrit avec une clé qu'elle prit dans le petit sac de soie pendu à sa ceinture, et elle sortit, laissant derrière elle, comme un sillage parfumé, la pénétrante odeur de son bouquet.

M. Bondonnat sortit une minute après elle, et, le cœur palpitant, lui emboîta le pas.

A sa grande surprise, elle ne se dirigea pas du côté de la ville de Basan, en ce moment plongée dans le sommeil. Elle prit le sentier qui s'enfonçait dans la forêt.

Du même pas égal, ses pieds nus foulaient la mousse épaisse et douce comme du velours.

Des mouches phosphorescentes étaient venues se poser sur son casque noir et ajoutaient encore au fantastique de sa silhouette.

M. Bondonnat ne put s'empêcher de se comparer lui-même à un vieux magicien attiré par un démon femelle vers quelque gouffre infernal.

Un quart d'heure, une demi-heure se passèrent, ils marchaient toujours à travers le bois plein de rumeurs nocturnes : branches mortes qui se cassent, soupirs de bêtes en rut, rampements de couleuvres, bruissements d'insectes ou d'oiseaux dans leurs nids. Il semblait aussi au naturaliste que des voix chuchotaient à son oreille, lui criaient de retourner en arrière.

M. Bondonnat était brave. Pourtant, il se sentait petit à petit gagné par un étrange émoi. Son sang-froid l'abandonnait peu à peu, et, deux fois, il buta contre des racines tordues qui barraient le sentier, pareilles à une nichée de serpents entrelacés.

Enfin, il respira. Toujours sur les pas de son guide mystérieux, il venait d'entrer dans une large avenue bordée de platanes géants, aux troncs d'un gris pâle sous les rayons de la lune. Leur feuillage formait une voûte majestueuse et paisible, du haut de laquelle des lianes légères retombaient, en se balançant au moindre souffle de la brise.

A l'extrémité de l'avenue il y avait une haute muraille, au-dessus de laquelle apparaissaient les arbres d'un jardin. Au delà des arbres, c'étaient les coupoles chatoyantes du temple bouddhique.

Tout ce paysage semblait peint sur un fond d'argent, avec des roses, des gris pâles, des bleus et des violets d'une ineffable douceur. C'était un vrai décor de songe ! M. Bondonnat, malgré ses préoccupations, ne put s'empêcher de l'admirer.

Soudain, l'apparition obliqua vers la gauche, s'engagea dans une avenue un peu moins large que la première, mais beaucoup plus obscure. Là les feuillages étaient si épais que les rayons de la lune ne parvenaient pas à les traverser.

Bientôt, le vieux savant constata que l'avenue allait en se rétrécissant. Un moment vint où ce n'était plus qu'un sentier à peine suffisant pour le passage d'une seule personne; ce sentier descendait par une pente rapide, et, des arbustes épineux le bordant à droite et à gauche, il fallait faire grande attention pour ne pas être déchiré au passage.

L'apparition ne semblait pas se soucier de ces obstacles; elle allait toujours du même pas égal et rapide. M. Bondonnat avait grand'peine à la suivre, et, plusieurs fois, ses doigts s'ensanglantèrent, dans les ténèbres, aux épines acérées des végétaux.

Ils descendirent ainsi pendant un quart d'heure, puis ils remontèrent. Le sentier s'élargit graduellement, et M. Bondonnat eut la surprise de se trouver transporté de l'autre côté des murs du jardin; cette haie épineuse, qui devait se continuer dans un passage souterrain, était une invention bien digne des complications d'une cervelle chinoise ou japonaise.

Le naturaliste regarda autour de lui. A une assez grande distance, il apercevait les majes-tueux bâtiments du monastère vivement éclairés par la lune. Devant lui s'étendait un jardin japonais aussi compliqué qu'un labyrinthe, avec ses allées tortueuses, ses petits ponts de rocaille, ses pièces d'eau et ses arbres torturés et difformes.

Au centre un grand Bouddha de pierre dominait tout le paysage de son bienveillant sourire et de son auréole dorée.

Ce jardin devait être rempli de fleurs magnifiques, et M. Bondonnat aspira voluptueusement le parfum qu'elles exhalaient. Il n'en avait jamais connu de plus troublant; et, en essayant de l'analyser, il y retrouvait ces mêmes senteurs de tubéreuse et de narcisse qui avaient frappé ses narines lorsque l'apparition était passée à côté de lui.

— C'est, évidemment, dans ce jardin, se dit-il, qu'elle a dû cueillir son bouquet !

Il avait ralenti le pas. Il se remit à marcher plus vite en voyant que son guide se dirigeait du côté de la statue du Bouddha. Mais, tout à coup, il disparut à ses yeux, aussi rapidement que si elle se fût évanouie en fumée.

Le naturaliste était profondément désappointé. Inutilement, il alla jusqu'au piédestal du dieu, puis il revint sur ses pas, s'égara dans le lacis compliqué des allées et des massifs. Il essaya de reconnaître l'endroit par où il était venu. Ce fut impossible.

Enfin, il se retrouva près d'un parterre de grandes fleurs pâles aux larges corolles — les mêmes fleurs que celles du bouquet — et il en respira de nouveau le parfum avec plaisir; mais une demi-minute ne s'était pas écoulée qu'il sentait la tête lui tourner, ses idées chavirer dans le noir. Il ferma les yeux et roula à terre inanimé, presque aussi subitement atteint que s'il eût été frappé d'une balle en plein cœur.

Au-dessus du fantastique jardin, le Bouddha à l'auréole d'or souriait de son énigmatique sourire.

CHAPITRE IV

UN COIN DU VOILE

Amalu et sa fille Hatôuara s'étaient levés de bonne heure pour apporter à M. Bondonnat de beaux ananas et des pastèques. Ils furent fort étonnés, en arrivant à la villa, de trouver la porte ouverte et la maison vide.

— Le docteur n'est peut-être pas encore levé, dit la petite indigène. Montons jusqu'à sa chambre; il ne nous en voudra pas de l'avoir réveillé.

Amalu trouva cette proposition toute naturelle. Avec cette naïveté et cette simplicité de mœurs qui font le charme de certaines peuplades océaniennes, ni le père ni la fille ne croyaient commettre une indiscrétion en allant souhaiter le bonjour à leur ami dans sa chambre.

Ils montèrent l'escalier, très surpris de ne pas rencontrer Rapopoff. La porte de la chambre à coucher était ouverte. M. Bondonnat était étendu sur son lit, tout habillé; mais il était d'une telle pâleur qu'Amalu et Hatôuara le crurent mort.

— Comme il est pâle ! s'écria la jeune fille en se précipitant vers le corps inanimé du vieux savant. Son cœur ne bat plus !

La pauvre enfant avait les yeux humides de larmes.

— Tu te trompes, dit Amalu après un examen plus attentif, le cœur bat encore, bien faiblement... Mais, quelle étrange odeur règne dans cette chambre !...

Il s'empressa d'ouvrir la fenêtre.

Comme il revenait près du lit, son pied glissa sur quelque chose, et il trébucha.

— Qu'est-ce que c'est que cela? fit-il en se baissant pour ramasser l'objet qui avait failli le faire tomber.

Il tenait entre ses doigts le pétale d'une fleur. Il l'approcha de ses narines pour le rejeter aussitôt avec une sorte d'horreur.

Hatôuara l'avait regardé faire avec surprise.

— Je sais maintenant, dit Amalu, pourquoi le docteur est malade. On a voulu l'empoisonner. Il est heureux que j'aie eu l'idée de venir le voir ce matin, car je suis peut-être le seul, dans l'île de Basan, à connaître le remède à son mal.

— Il m'a sauvée, s'écria l'adolescente. Comme je suis heureuse que nous puissions lui rendre le même service ! Crois-tu, père, que nous le guérirons?

— Oui, ma chérie. Mais il n'y a pas de temps à perdre.

Amalu courut en hâte dans le jardin. Il cueillit une demi-douzaine de fleurs et de racines différentes, les pulvérisa avec une râpe, qu'il prit dans la cuisine, et en exprima le jus dans un verre qu'il acheva de remplir avec de l'eau pure. Secondé par Hatôuara, il parvint, avec son couteau, à desserrer les dents du malade, et, lui relevant la tête, il le força d'absorber à petits coups tout le contenu du verre.

L'effet de cette médication fut immédiat. M. Bondonnat ouvrit les yeux, ses joues se colorèrent légèrement, il jeta autour de lui des regards effarés.

— Oui, bégaya-t-il d'une voix faible, le Bouddha... avec son auréole d'or... le jardin... Je suis pourtant chez moi... Et la fille au casque noir, qu'est-elle devenue?...

Amalu et sa fille comprirent que le vieillard avait le délire. Mais il ne tarda pas à reprendre possession de ses facultés, il reconnut ses amis et leur souhaita le bonjour.

— Je suis bien heureux de vous voir ! murmura-t-il. Depuis l'autre jour, il m'est arrivé d'étranges, de terribles choses...

Amalu l'interrompit.

— Va jouer dans le jardin, ordonna-t-il à sa fille. J'ai à parler sérieusement à M. le docteur.

Hatôuara obéit à l'injonction paternelle, mais non sans une petite moue qui prouvait combien elle était déçue dans sa curiosité. Dès qu'elle fut sortie, l'indigène dit en baissant la voix :

— Vous avez failli mourir, monsieur le docteur. Je suis parvenu à vous réveiller; mais il était temps ! Il faut éviter le retour d'un pareil malheur. Et, d'abord, je vais vous demander

de me raconter très franchement ce qui vous est arrivé... Je pense que vous avez confiance en moi?

— Entièrement. Vous allez tout savoir.

M. Bondonnat fit le récit très exact, d'abord des vols successifs dont il avait été victime, puis de son expédition dans les jardins du temple bouddhique. Son récit s'arrêtait naturellement à l'instant où il avait perdu connaissance. Toutefois, il ne pouvait s'expliquer comment il se retrouvait étendu sur son lit, chez lui, dans sa maison; et il en venait à se demander s'il n'avait pas été victime de quelque hallucination.

— Tout ce que vous avez vu est réellement arrivé, dit gravement Amalu. Ce sont les bonzes qui vous ont rapporté chez vous. Votre qualité d'Européen leur a fait sans doute craindre quelques représailles, étant donné surtout que ce n'est pas la première histoire de ce genre qui leur arrive...

— Mais, demanda anxieusement le naturaliste, comment se fait-il que je sois tombé ainsi brusquement?

— Vous avez respiré la *fleur du sommeil.*

— La fleur du sommeil? demanda le savant avec surprise. Ce serait donc cette fleur aux grandes corolles blanches, dont le parfum est si délicieux?

— Oui, dit Amalu en regardant autour de lui avec précaution comme s'il eût craint d'être entendu. Ce parfum est si pénétrant qu'il endort tous ceux qui le respirent et, s'ils le respirent trop longtemps, c'est la mort. Autrefois, avant l'occupation japonaise, beaucoup de crimes étaient commis, grâce à cette fleur ! Les Japonais, en arrivant ici, ont fait détruire toutes les plantes qui la produisent et, s'il en reste quelques pieds, ce ne peut être qu'au milieu des forêts vierges. C'est, du moins, la version officielle.

— Mais, répliqua M. Bondonnat avec vivacité, j'en ai vu moi-même dans le jardin du temple bouddhique des parterres entiers, presque des champs !

— Vous avez raison, sans nul doute; mais il ne serait pas prudent de proclamer trop haut cette découverte.

— Évidemment. Je m'en rends compte maintenant, les bonzes se sont réservé le monopole de ces attentats mystérieux et restent toujours impunis... Pourtant, continua M. Bondonnat avec indignation, si le gouverneur savait qu'ils cultivent en si grande quantité ces plantes vénéneuses...

— Il le sait probablement aussi bien que vous et moi; mais il n'oserait ni ne voudrait leur ordonner de les détruire. On ne peut pas supposer qu'un prêtre de Bouddha puisse commettre une mauvaise action.

Le vieil indigène ajouta, avec un soupir :

— Ah ! nos idoles d'autrefois valaient bien leur Bouddha !

M. Bondonnat demeurait silencieux. Au fond il était très satisfait. Le hasard et, aussi, son courage lui avaient permis de soulever un coin du voile du mystère. Il ne tarderait pas à connaître le secret tout entier.

— Enfin, demanda-t-il brusquement, vous connaissez le contre-poison de la fleur du sommeil, mon brave Amalu?

— Je vous indiquerai bien volontiers les plantes qui servent à composer le breuvage que je vous ai fait absorber. C'est une recette qu'avec d'autres du même genre je tiens de mon père qui, lui-même, la tenait de son aïeul; mais ce n'est pas celle-là qu'il faudrait connaître, elle est tout au plus utile, comme dans votre cas, pour rappeler à la vie ceux qui ont respiré de trop près la fleur mortelle.

— Que voulez-vous dire?

— Ceci simplement. Les bonzes doivent posséder un moyen de résister aux effets de l'asphyxiant parfum.

— Sans doute, s'écria le savant pour qui cette réponse fut un trait de lumière, la jeune voleuse qui m'a dépouillé connaissait ce moyen !...

« J'y suis ! C'est dans le casque ! C'est là que devait se trouver l'antidote !

— Peut-être, fit Amalu; mais pourquoi les yeux étaient-ils bouchés?

— Cela n'est pas plus difficile à expliquer. La jeune fille qui s'est introduite chez moi devait être plongée dans le sommeil hypnotique; probablement même qu'elle ignore le rôle que l'on a joué. On l'a endormie, on lui a donné des ordres; elle a obéi. Je commence à y voir clair dans cette affaire; quelques fausses clés, qu'il a été facile de fabriquer, ont fait le reste.

— C'est peut-être plus compliqué que vous ne le pensez, dit Amalu dont le visage exprimait une vive préoccupation.

M. Bondonnat ne l'écoutait pas, suivant l'enchaînement de ses idées.

— Je reconstitue très bien les faits, dit-il. Rapopoff, endormi le premier, n'a pu empêcher qu'on ouvrit la porte de ma chambre, et, moi-même, j'ai été tout de suite victime du subtil parfum, qui doit être beaucoup plus actif dans un espace renfermé comme l'est une chambre.

— La puissance de la fleur est si grande, que les insectes tombent engourdis au fond de sa corolle, en forme de coupe, et que les oiseaux qui s'en approchent de trop près battent des ailes et tombent. On a trouvé souvent des serpents, morts, parce qu'ils avaient eu l'imprudence de s'enrouler autour de sa racine.

— Il faudra qu'à tout prix je me procure quelques exemplaires de ce bizarre végétal, s'écria M. Bondonnat.

Puis, passant subitement à une autre idée :

— Mon cher Amalu, demanda-t-il, que croyez-vous qu'ils aient fait du pauvre Rapopoff? J'espère qu'ils ne l'ont pas tué?

— Non. Les bouddhistes ont horreur du sang. Il est presque sans exemple qu'ils commettent un assassinat, ou, quand cela arrive, c'est d'une façon tout à fait détournée.

— Comme dans mon cas, par exemple?

— Précisément. Le cosaque doit être enfermé dans quelque crypte. Je ne serais pas étonné, d'ailleurs, qu'ainsi que beaucoup de ses compatriotes, il n'appartienne ou n'ait appartenu à la religion bouddhiste.

A ce moment, Hatôuara fit irruption dans la chambre, avec sa vivacité habituelle.

— Eh bien ! s'écria-t-elle, est-ce fini, tous ces mystères?

— Oui, mon enfant, dit Amalu.

M. Bondonnat demeurait silencieux. Ses yeux ne quittaient pas la petite indigène, qui, insoucieuse à son ordinaire, avait laissé dans le jardin ses belles babouches brodées et venait de sauter à pieds joints sur la natte, encore couverte de farine de riz.

Le vieillard était suffoqué par une découverte qu'il venait de faire.

— Retourne encore un peu jouer dans le jardin, dit-il à la jeune fille d'une voix toute changée.

Hatôuara obéit, mais avec un sourire boudeur.

— Qu'y a-t-il donc? demanda Amalu qui avait saisi le regard étonné du savant.

— Dois-je vous le dire?... C'est cette pauvre petite Hatôuara qui a servi d'instrument aux bonzes.

Le visage bruni d'Amalu devint d'une couleur gris de cendre. Le pauvre diable était consterné.

— Ah ! monsieur le docteur, bégaya-t-il, si je croyais jamais que ma fille...

— Rassurez-vous... Je ne l'accuse pas... Elle ignore certainement tout ce qu'elle a fait. Elle ne s'est introduite chez moi que plongée dans ce sommeil maladif dont je vous ai expliqué les causes et le résultat.

— Mais comment avez-vous pu voir cela?

— Regardez !...

M. Bondonnat fit voir au père d'Hatôuara l'identité des empreintes anciennement laissées sur la natte et de celles, toutes récentes, qu'avait tracées dans la farine de riz le petit pied de la jeune fille.

— C'est effrayant ! murmura l'indigène sincèrement consterné. Mais je vais appeler ma fille !...

— Gardez-vous bien de lui dire un seul mot de ce que je viens de vous confier ! Il faut qu'elle ignore tout ! Vous lui feriez du chagrin, sans que cela nous avance à rien. La pauvre petite m'aime beaucoup, je le sais !

— Que me conseillez-vous?

— Gardez le silence. Et, cette nuit, si Hatôuara se lève, il faut la suivre. Je suis sûr, moi, qu'elle viendra directement ici !

— Je vous obéirai, dit Amalu en s'inclinant respectueusement. Mais, je vous en prie, ne gardez pas rancune à la pauvre petite du mal qu'elle vous a causé.

— Au contraire, dit M. Bondonnat qui avait reconquis sa belle humeur. Elle m'aura rendu un très grand service. Je suis sur la piste d'une découverte des plus curieuses, et c'est moi qui vous devrai de la reconnaissance.

Après de dernières et minutieuses recommandations, M. Bondonnat prit congé du père et de la fille, non sans les avoir régalés de gâteaux secs et d'un verre de son vin de riz.

Le savant était radieux.

— Décidément, murmura-t-il en aparté, tout va bien ! Aussi eût-ce été trop bête, à un homme comme moi, de se laisser rouler par des sauvages.

M. Bondonnat, après cette réflexion qui prouvait un certain amour-propre, déjeuna avec un appétit formidable; ce qui lui donna à penser qu'en outre de sa vertu dormitive, la fleur du sommeil possédait aussi peut-être des propriétés apéritives. Maintenant qu'il croyait que Rapopoff n'avait pas été assassiné, il se sentait allégé d'un poids immense.

Sitôt qu'il eut pris son café, qu'il confectionna lui-même, le savant s'arma de son parasol de papier, et se mit en route pour la caverne de son ami Grivard. Mais, cette fois, au lieu de suivre le rivage, il passa par le bois. Le chemin qu'il avait pris l'amena devant la façade du temple bouddhique. L'aspect en était majestueux. Un escalier monumental, orné d'admirables monstres de bronze, aux corps de reptile et aux têtes de chien aboutissait à un péristyle soutenu par d'élégantes colonnes de granit cerclées de cuivre.

En avant, s'étendait une cour en hémicycle, où étaient installées des cabanes de bambou où l'on vendait des bâtons de parfum, des petites idoles d'ivoire et toutes sortes de curiosités et d'articles religieux.

M. Bondonnat s'arrêta longtemps à l'entrée de cette cour. Mais il ne fit pas qu'admirer exclusivement l'œuvre d'art, il tâcha de se faire une idée exacte de l'ensemble des bâtiments et de la manière dont ils étaient disposés. La façade qu'il voyait — il le comprit — devait être située à l'extrémité des jardins où il avait pénétré la nuit précédente, et c'était là un point de repère important.

Bien reposé par cette halte, M. Bondonnat continua son chemin. Il arriva bientôt à la baie qui servait de retraite à Louis Grivard. L'artiste était en train de déjeuner avec des noix de coco, dont il suçait d'abord le lait et dont il brisait ensuite la coque, pour en extraire l'amande.

— Vous ne savez pas, dit Louis Grivard, comme votre visite m'a fait du bien. Je suis tout à fait guéri de ma mélancolie. J'ai recouvré toute mon énergie, et je suis sûr maintenant que je retrouverai Lorenza!

— J'ai, de mon côté, des choses intéressantes à vous raconter.

Pour la seconde fois, M. Bondonnat fit le récit de ses fabuleuses aventures de la nuit précédente.

L'artiste l'écouta jusqu'au bout, le regard brillant de fièvre, les traits crispés.

Le récit terminé, il se leva brusquement :

— Mon cher ami, dit-il, je vous promets que c'est moi, demain, qui aurai du nouveau à vous apprendre.

— Quels sont vos projets?

— Je ne puis rien vous dire. Je ne vous demande qu'une chose, c'est de me prêter une barre de fer et un bon revolver. Cela m'est indispensable, pour ce que j'ai résolu.

— J'ai, à la villa, ce que vous demandez. Vous pourrez le prendre quand vous voudrez.

— Tout à l'heure !... Mais, comme je ne tiens pas à être vu, nous passerons par le rivage.

M. Bondonnat était passablement intrigué. Toutefois, il comprit qu'il était inutile de questionner Louis Grivard. Tous deux se mirent donc en route, paisiblement, en suivant la plage et en causant de choses indifférentes.

CHAPITRE V

L'IDOLE VIVANTE.

M. Bondonnat employa le reste de la journée à écrire une longue lettre à sa fille et à rédiger un télégramme qui lui était également destiné. Après bien des tergiversations, il s'était décidé à laisser partir le paquebot sans y prendre passage.

Avec l'entêtement particulier aux savants, il ne voulait pas quitter l'île de Basan avant d'avoir eu la solution du problème dont il croyait déjà posséder les principaux éléments. Il en serait quitte pour prendre le paquebot suivant, et sa fille Frédérique, sa pupille Andrée de Maubreuil, rassurées par le télégramme qu'il leur faisait adresser, attendraient son retour sans inquiétude.

Après le repas du soir, il enleva de sa chambre la natte couverte de farine de riz, désormais inutile, et il attendit, avec une curiosité mêlée d'impatience, les événements nocturnes qui ne tarderaient sans doute pas à se produire.

Comme la veille, il s'installa dans son jardin, en laissant la porte entre-bâillée. Il n'y avait pas de raison pour que ce stratagème, qui avait si bien réussi, n'eût pas de succès une seconde fois.

D'ailleurs, il ne prévoyait guère la venue de l'apparition — c'est-à-dire de la gentille Hatouara — avant le milieu de la nuit. Mais une surprise lui était réservée.

Il était un peu plus de dix heures du soir, lorsqu'on sonna à la porte extérieure. M. Bondonnat se précipita pour aller ouvrir. Il pensait que Rapopoff avait réussi à s'échapper. Mais, au moment de tourner la clé dans la serrure, il réfléchit qu'à une heure pareille, il était peut-être prudent de n'ouvrir qu'à bon escient.

— Qui est là? demanda-t-il.

— C'est moi, Amalu ! Ouvrez vite !

Le savant se hâta d'allumer une lampe et fit entrer son hôte dans la salle à manger. Amalu paraissait bouleversé.

— Vous aviez raison, balbutia-t-il : Hatouara, qui dormait tranquillement sur sa natte, vient de se lever, et je me suis bien aperçu qu'elle était sous l'influence des mauvais génies. Ses yeux étaient fixes, ses mouvements étaient brusques et saccadés, et j'ai eu beau me placer devant ses yeux, elle ne me voyait pas. C'était comme une morte, que l'on eût forcée à sortir de son tombeau.

— Elle était en état d'hypnotisme, expliqua le naturaliste; j'espère que vous ne l'avez pas réveillée?

— Je m'en suis bien gardé. Je me suis rappelé vos recommandations. Je me suis contenté d'observer tout ce qu'elle faisait. Elle est d'abord allée dans une pièce où personne n'entre jamais, et où il y a toutes sortes d'objets hétéroclites : des coquillages, des vieux coffres, des porcelaines et d'anciennes armures. J'ai été stupéfié, en la voyant ressortir de là avec le casque sans yeux dont vous m'aviez parlé.

— Elle n'a pas besoin de ses yeux puisqu'elle dort.

— Alors, elle est sortie de la maison de ce pas lent, presque machinal, qui a quelque chose d'effrayant. Elle a traversé les rues de la ville endormie et elle s'est dirigée vers la campagne.

— Elle se rendait au temple bouddhique?

— Oui. Mais je n'ai pas osé la suivre de l'autre côté de la muraille du jardin. J'ai eu peur, et je me suis hâté de revenir sur mes pas pour vous prévenir.

— Eh bien, asseyez-vous là et attendez tranquillement. Je parie tout ce qu'on voudra qu'elle va être ici avant une heure.

A ce moment, le bruit léger d'une clé dans la serrure de la porte extérieure se fit entendre.

— Tenez, la voilà ! s'écria M. Bondonnat avec exaltation.

— Que faut-il faire? demanda Amalu.

— Rien du tout. J'agirai seul.

Il alla se poster à la porte du jardin, qu'il ouvrit toute grande. Et, quand Hatôuara passa devant lui, il lui arracha d'un geste brusque le bouquet de *fleurs du sommeil* et le lança au loin dans le jardin.

La jeune fille, privée de son bouquet, avait eu un geste bizarre. Mais elle continuait à tenir la main fermée, comme si les fleurs eussent toujours été entre ses doigts.

— Venez vite ! dit le naturaliste au vieil indigène. Il faut que vous m'éclairiez !

Amalu prit la lampe; tous deux, à la suite d'Hatôuara, gravirent lentement l'escalier. La jeune fille, marchant toujours de son pas fantomatique, alla droit au meuble de camphrier, et se mit à fureter dans les tiroirs.

— Voilà le moment propice ! s'écria M. Bondonnat.

Et il s'approcha, défit adroitement les agrafes qui retenaient le casque derrière la tête et l'enleva.

Hatôuara ne parut pas s'en apercevoir. Les yeux mi-clos, elle continuait à fouiller dans le tiroir, prenant au hasard des papiers, qu'elle plaçait dans sa ceinture.

M. Bondonnat, lui, examinait le casque avec attention. Il constata qu'il était intérieurement tapissé d'une fine natte tressée avec des herbes qui répandaient une odeur amère et aromatique. L'air respirable ne pouvait arriver aux narines et à la bouche qu'après avoir traversé cette natte, trempée sans nul doute dans de puissants antidotes. Sans hésitation, M. Bondonnat se coiffa du casque, qui, beaucoup trop grand pour la jeune fille, lui allait à lui à merveille.

Il le mit, l'ôta et le remit à plusieurs re-

prises, pour être bien sûr du fonctionnement des agrafes.

— Qu'allez-vous faire? demanda l'indigène qui suivait curieusement toutes les péripéties de cette scène. Voulez-vous que je vous accompagne?

— Non. Je ne puis agir que seul. Je vous demande seulement de ramener chez vous cette pauvre Hatôuara et de ne plus vous occuper de rien.

M. Bondonnat considérait avec attention le casque, — qui était, entre parenthèses, grâce à ses curieuses ciselures, une véritable pièce de musée.

Tout à coup, il prit dans un tiroir quelques outils. A la grande stupeur d'Amalu, il fit sauter les deux disques de corne, qui se trouvaient à la place des yeux, et les remplaça par deux verres convexes, empruntés à une paire de lunettes dont il se servait dans certaines expériences dangereuses. Les verres étaient, heureusement, du même diamètre que les disques. Le naturaliste les assujettit solidement à l'aide d'un peu de cire.

Pendant qu'il se livrait à ce travail, Hatôuara était allée regarder sous l'oreiller du lit, et, ne trouvant pas le portefeuille, elle était revenue au petit meuble qu'elle recommençait à fouiller.

Elle paraissait dépitée comme quelqu'un qui ne trouve pas ce qu'il cherche. Elle revint près du lit, puis retourna au petit meuble, renouvelant ce manège un grand nombre de fois avec tous les signes d'une mauvaise humeur manifeste.

Après avoir recommandé à Amalu de ne pas perdre de vue la jeune fille, M. Bondonnat descendit au jardin et, s'armant de son casque, il n'eut pas de peine à retrouver le bouquet de fleurs du sommeil. Comme il s'apprêtait à remonter, il se trouva en face d'Hatôuara, qui s'en allait. Sans hésitation, il lui approcha le bouquet des narines.

La jeune fille poussa un profond soupir, et soudainement, elle s'affaissa. M. Bondonnat n'eut que le temps de la recevoir dans ses bras, en se débarrassant de nouveau du dangereux bouquet, qui eût pu être nuisible à Amalu.

Celui-ci, sur un signe du naturaliste, avait pris Hatôuara, qu'il emporta sans peine, la tête penchée sur son épaule, car elle ne pesait guère plus qu'une enfant.

La porte se referma sur eux et M. Bondonnat, coiffé du casque magique, demeura seul dans sa maison.

— Voilà, murmura-t-il, qui est bien débuté ! Je vais maintenant me rendre au temple bouddhique. Mais dois-je emporter le bouquet? Je trouverai là-bas, dans le jardin, assez de ces étranges fleurs.

Après une minute de réflexion, M. Bondonnat se décida à se charger du bouquet, qui pouvait lui servir d'arme défensive. Il se munit aussi, à tout hasard, de son revolver et d'un solide couteau.

Ces dispositions prises, il se mit en route et refit, seul, le chemin qu'il avait parcouru la veille, à la suite de la petite indigène. Il retrouva aisément la grande avenue de platanes, puis le sentier bordé d'arbustes épineux, dont il suivit la pente ténébreuse. Il admira avec quel art ceux qui avaient construit ce passage avaient su prolonger la haie d'arbustes en dessous des murailles. Enfin, le cœur battant d'émotion, il se trouva dans le féerique jardin, que dominait la statue géante du Bouddha à l'auréole d'or.

Cette fois, il eut grand soin de marquer, par plusieurs arbustes brisés et par une grosse pierre, l'endroit exact où s'amorçait le passage souterrain.

Marchant avec lenteur, pour ne pas se laisser égarer dans le labyrinthe des allées, M. Bondonnat se dirigea vers la statue du Bouddha.

Chemin faisant, il passa à côté de l'immense massif où s'épanouissait la fleur du sommeil, et il constata avec une vive satisfaction que l'odeur délicieuse, rappelant à la fois la tubéreuse et le narcisse, n'arrivait plus à ses narines. Ses prévisions étaient exactes. Le casque qu'il portait renfermait bien l'antidote qui permettait de braver la senteur mortelle.

Il s'arrêta un instant pour considérer la plante qui la produisait. Les feuilles en étaient larges et sombres, assez semblables à celle de l'acanthe; les tiges, très droites, portaient à leur extrémité deux ou trois calices allongés, que terminaient six larges pétales d'une immaculée blancheur.

— C'est là, certainement, se dit-il, un végétal qui ne figure dans aucune nomenclature et qui n'a encore été étudié par personne. Il faudra absolument que j'en rapporte en France un ou deux pieds, avec les racines et la graine. De cette façon, mon séjour à l'île de Basan n'aura pas été inutile.

S'arrachant à ces considérations scientifiques, M. Bondonnat arriva bientôt jusqu'à une sorte de cloître soutenu par des colonnes, aux chapiteaux ornés de fleurs de lotus, et où aboutissaient plusieurs portes. Il en ouvrit une au hasard, se trouva dans un long couloir, qu'il suivit pendant quelque temps.

Une ombre se dressa devant lui. Un bonze, revêtu d'une robe gris cendré, lui barrait le passage. Le naturaliste fit le geste de porter son bouquet aux narines du religieux, et celui-ci tomba immédiatement à terre. M. Bondonnat put continuer son chemin.

Il poussa une autre porte, et se trouva dans une vaste salle, aux voûtes majestueuses. Il comprit bientôt que c'était là le temple proprement dit.

Le sol était dallé de tables de marbre jaune, que recouvraient des nattes tressées avec des fils métalliques brillants comme de l'or.

Dans le fond du sanctuaire, s'élevaient trois effigies du Bouddha, entièrement dorées et d'une stature gigantesque. Le vieux savant entrevoyait tout cela à la lueur de grandes lanternes de papier, qui descendaient de la voûte et qui jetaient sur tous les objets une étrange lueur rouge et verte.

En face de l'autel, séparé de la nef principale par une balustrade, il y avait, dans des vases d'argent, de gros bouquets de fleurs, et des fumées d'encens s'exhalaient de cassolettes symétriquement disposées.

M. Bondonnat se disposait à traverser le temple, lorsque trois bonzes, en prière en face de l'autel et qu'il n'avait pas aperçus se relevèrent et s'avancèrent vers lui d'un air menaçant.

Le naturaliste alla droit à leur rencontre. Il savait qu'avec son bouquet il était invincible, et d'un coup d'œil il s'était rendu compte que ses trois adversaires n'avaient pas d'armes; puis il y avait, dans leurs mouvements, une certaine hésitation et une certaine terreur, qui donnèrent à penser au naturaliste que ceux auxquels il avait affaire n'étaient pas au courant du secret de la fleur du sommeil.

La minute d'après, avant qu'ils eussent eu le temps de pousser un cri, les trois religieux avaient roulé à terre, et dormaient, étendus au pied de l'autel.

M. Bondonnat jugea prudent de dépouiller de sa longue robe gris cendré un des bonzes et de revêtir ce costume qui devait moins attirer l'attention. Ensuite, il traversa le temple dans toute sa longueur, passa devant de monumentales portes de bronze qui, ouvertes pendant la journée, aboutissaient à l'hémicycle où il s'était arrêté la veille, en allant rendre visite à Louis Grivard.

Finalement, il s'engagea sous une voûte qui le conduisit à un long couloir bordé de cellules à droite, et à gauche; les ronflements sonores qui s'en échappaient lui montrèrent que les moines étaient en train de se livrer au repos, et il ne jugea pas à propos de troubler leur sommeil.

A l'extrémité du corridor, il y avait un escalier que M. Bondonnat descendit à tout hasard, se disant que, si véritablement le cosaque était prisonnier des bonzes, ils devaient l'avoir enfermé dans un cachot.

L'escalier avait exactement soixante marches et M. Bondonnat, en pleines ténèbres, regretta alors de ne pas avoir apporté avec lui de quoi faire de la lumière.

Il se préparait même à remonter et à retourner au temple, pour s'emparer d'une des lanternes pendues à la voûte, quand une faible lueur lui apparut. Il se dirigea de ce côté, en suivant un interminable couloir et il se trouva bientôt dans l'endroit d'où partait la lumière.

C'était une vaste crypte, où l'air n'arrivait que par de rares soupiraux. Une grosse lanterne bleue l'éclairait; c'était cette lueur que l'on apercevait des dernières marches de l'escalier.

En franchissant le seuil de cette crypte, M. Bondonnat aperçut un spectacle extraordinaire.

Tout au fond de la salle, se dressait un autel de granit, sur lequel se trouvait, assise dans un fauteuil, une étrange statue, couverte, de la tête aux pieds, d'un nombre infini de colliers de perles. Il y en avait une si grande quantité que le torse n'était visible que par endroits.

Très intrigué, M. Bondonnat s'approcha de

l'autel sur lequel était placé le fauteuil de porcelaine où était assise l'idole. Mais, tout à coup, il eut une exclamation de stupeur. Il venait de voir les seins de la statue s'enfler et s'abaisser, comme par le mouvement égal de la respiration d'une femme endormie.

L'idole était vivante !

Dans l'espace d'un éclair, M. Bondonnat se rappela les confidences de l'artiste.

— Lorenza ! s'écria-t-il. La guérisseuse de perles ! C'est elle ! ce ne peut être qu'elle !

Très excité par cette découverte, il se préparait à réveiller la jeune femme, à lui crier qu'il était venu pour la sauver, lorsqu'un bonze sortit brusquement de derrière l'autel.

Comme M. Bondonnat, le nouveau venu avait la tête couverte d'un casque protecteur, et, malgré sa surprise et son émotion, le vieux savant remarqua que le masque avait, à la place des yeux, de petites lames de mica, qui permettaient à celui qui le portait de voir clair autour de lui.

Contre cet agresseur inattendu la fleur du sommeil devenait inefficace. M. Bondonnat battit précipitamment en retraite.

Le bonze, d'une vigueur herculéenne, eut vite fait de rejoindre le vieillard, de lui arracher son bouquet, qu'il lança au dehors par un des soupiraux. Puis il le terrassa, lui mit un genou sur la poitrine et essaya de lui arracher son masque.

M. Bondonnat comprit qu'il était perdu. Haletant sous le genou de son ennemi, à demi étouffé, il eut quelques secondes d'angoisse atroce.

Le bonze était arrivé à retirer le casque de M. Bondonnat. Il contempla quelque temps le visage du vieux savant avec une étrange curiosité, comme s'il eût été étonné de sa capture.

— Au secours ! s'écria le naturaliste en faisant un violent effort pour se dégager.

Le bonze, pour le faire taire, lui appliqua brutalement sur la bouche une longue main brune, pareille à une patte de singe. Mais il ne put arriver à réduire M. Bondonnat au silence. Celui-ci continuait à appeler à l'aide, à crier : « Au secours ! à l'assassin ! » et se débattait de telle façon que, pour arriver à le mater, son ennemi dut le saisir à la gorge.

Il serra un peu, puis plus fort, et M. Bondonnat se tut, râlant, à demi-étranglé.

C'est à ce moment qu'une des portes latérales, qui aboutissaient à la crypte, vola en éclats, sous l'effort d'une vigoureuse pesée.

Un homme entra.

M. Bondonnat put reconnaître Rapopoff.

— A moi ! lança-t-il désespérément, en faisant un suprême effort pour se dégager.

Le cosaque était affublé, lui aussi, d'une longue robe gris cendré, qui lui donnait un aspect ridicule et qui eût paru comique en d'autres circonstances. Il brandissait un gros cylindre de bois, dont il eût été difficile de préciser l'usage. Mais Rapopoff eut vite fait de trouver un moyen de l'utiliser. Il en asséna un grand coup sur la nuque du bonze, qui, assommé net, tomba sur sa victime.

Le cosaque était enchanté de son exploit. Il aida son maître à se relever, et lui montrant son cylindre :

— Hein, petit père? fit-il, fameuse arme !

— Qu'est-ce que c'est que ça? demanda le naturaliste encore tout époumonné et hors d'haleine.

— Tout bonnement la meule du kouroudou... du moulin à prières... que l'on m'avait condamné à tourner dans mon cachot. Cet instrument de piété m'a été fort utile ! Je m'en suis déjà servi pour assommer deux ou trois bonzes, et, en particulier, celui qui m'apportait chaque jour à manger.

— Comment se fait-il que tu sois arrivé si à propos?

— Je n'étais pas très éloigné de vous. Les cachots sont à côté de la crypte, et, dans le grand silence de la nuit, j'ai parfaitement reconnu votre voix. J'ai même distingué les mots : « Au secours ! à l'assassin ! »

— Allons, tout va bien ! s'écria le savant déjà remis de la secousse qu'il venait d'éprouver. Tu me raconteras tes aventures plus tard. Le plus pressé est de sortir d'ici, en emmenant cette jeune femme...

— Cette idole? s'écria le cosaque avec une sorte d'épouvante.

— C'est une idole bien vivante, reprit le vieillard. Il faut que nous l'emmenions avec nous, ou, plutôt, que nous l'emportions, car elle me paraît plongée dans un sommeil causé par quelque drogue stupéfiante... Mais, auparavant, j'aurais bien voulu retrouver mes papiers et mes banknotes.

— Je puis peut-être vous dire où ils se trouvent... Ils ne peuvent être que dans la chambre du supérieur. J'ai tout vu, dans le monastère, et je sais que dans les cellules des simples religieux il n'y a qu'une natte pour dormir et une cruche d'eau.

M. Bondonnat réfléchit une seconde.

— Soit ! dit-il. Allons chez le supérieur, mais es-tu bien sûr au moins de pouvoir retrouver ton chemin, car tu sais qu'il faut que nous revenions ici, chercher cette jeune femme.

— Soyez tranquille, petit père, je connais le monastère sur le bout du doigt, sauf une partie des jardins où l'on ne m'a pas permis d'entrer.

— J'en devine la raison.

— Pourquoi donc?

— Je t'expliquerai cela plus tard. Pour le moment, dépêchons-nous. Nous n'avons pas une minute à perdre.

Tous deux remontèrent l'escalier. Auparavant, M. Bondonnat eut soin de placer sur la tête du cosaque le casque qu'il enleva au bonze, encore évanoui.

La chambre du supérieur ne se trouvait qu'à quelques pas du couloir bordé de cellules que M. Bondonnat avait déjà traversé.

La porte ne fermait que par un verrou de bois, Rapopoff l'ouvrit sans peine.

Tous deux entrèrent.

M. Bondonnat eut la surprise de trouver là une installation presque confortable. Il y avait même une horloge à cadran de cuivre et quelques meubles de provenance européenne ou japonaise.

La pièce était déserte. Pourtant, celui qui l'habitait n'avait pas dû la quitter depuis longtemps, car une lampe à pétrole brûlait encore sur la table. Il y avait gros à parier que le supérieur n'était autre que ce bonze qui avait failli étrangler le naturaliste et que Rapopoff avait si expéditivement assommé avec son *kouroudou*.

M. Bondonnat se mit aussitôt en quête de son bien. Par bonheur, il n'eut pas à faire de longues investigations. En ouvrant le tiroir de la table de travail, il aperçut, du premier coup d'œil, ses banknotes, ses papiers, et même l'écrin qui avait contenu son appareil enregistreur.

Il s'empara rapidement du tout et redescendit dans la crypte, toujours suivi du cosaque, qui ne s'était pas séparé de son moulin à prières.

Mais, en entrant dans le temple souterrain, une terrible déception attendait M. Bondonnat.

L'idole vivante, la femme vêtue de perles, dans laquelle le naturaliste avait cru reconnaître Lorenza, avait disparu. L'autel était vide.

M. Bondonnat était désespéré.

— J'aurais bien mieux fait, s'écria-t-il, de laisser là papiers et banknotes et de sauver cette pauvre femme. Mais elle ne peut être loin ! Il faut absolument que nous la retrouvions !

Or, en cet instant, les sons lugubres et solennels d'un grand gong de bronze retentirent dans le silence de la nuit.

— Qu'est-ce que cela veut dire? demanda M. Bondonnat.

Le cosaque donnait les signes de la plus vive terreur.

— Ce n'est pas, balbutia-t-il, pour appeler les moines à la prière qu'on fait un pareil vacarme. Je crains plutôt qu'on ne se soit aperçu de votre présence. Nous allons être pris comme des rats dans une ratière, car je ne sais comment on peut sortir !

— Conduis-moi seulement jusqu'au jardin, s'écria M. Bondonnat, et ne t'inquiète pas du reste.

Tous deux se jetèrent de nouveau dans l'escalier, dont ils gravirent les degrés quatre à quatre. Puis ils se mirent à courir éperdument dans les couloirs.

Aux sons du gong qui continuait à faire entendre ses mugissements, tous les bonzes s'étaient réveillés et sortaient, effarés, de leurs cellules. Des lumières paraissaient aux fenêtres du monastère. Partout, c'étaient des allées et venues, des bruits de pas, des exclamations, des chuchotements.

— Nous aurons fort à faire pour nous échapper, déclara M. Bondonnat au moment où ils entraient dans le grand temple, qu'il fallait traverser pour regagner les jardins.

Il n'avait pas achevé qu'un groupe d'une douzaine de bonzes se ruait sur les deux fugitifs, Rapopoff leva son terrible *kouroudou* et se

mit à taper dans le tas, à tour de bras. On entendit un craquement d'os brisés : le cosaque venait de fracasser le crâne d'un des religieux. Les autres se sauvèrent en hurlant.

Quelques minutes après, M. Bondonnat et le cosaque arrivaient aux jardins, au centre desquels s'élevait le grand Bouddha à l'auréole d'or. Ils se dirigèrent, sans perdre un instant, vers le passage secret. Mais, arrivés à mi-chemin, ils furent assaillis par une grêle de projectiles. On leur jetait des pierres, on leur tirait des flèches et, même, des coups de feu éclatèrent; preuve certaine que les bons religieux étaient pourvus de quelques armes à feu modernes.

— Bah ! pensa le naturaliste, quand nous arriverons à un endroit que je connais bien, ils nous laisseront tranquilles.

En cela, il ne se trompait pas. Quand les bonzes s'aperçurent que leurs ennemis se réfugiaient près du massif des fleurs du sommeil, ils s'arrêtèrent net; et M. Bondonnat eut la hardiesse d'arracher sous leurs yeux deux pieds entiers de la plante vénéneuse. Cet exploit accompli, il se hâta de regagner l'entrée du passage souterrain, qu'il reconnut sans peine, grâce aux marques qu'il avait faites la veille.

Un quart d'heure plus tard, le cosaque et le naturaliste se trouvaient en sûreté dans la forêt.

M. Bondonnat empaqueta précieusement, dans sa robe de bonze, la plante qu'il venait de soustraire. Alors seulement, il put retirer son casque, et le cosaque en fit autant.

Le maître et le serviteur aspirèrent avec délices l'air frais du matin. Tous les arbres et toutes les plantes de la forêt étaient couverts d'une abondante rosée; les oiseaux s'éveillaient par milliers dans leurs nids, et le ciel commençait à pâlir du côté de l'Orient.

— Je suis heureux de t'avoir délivré, dit le naturaliste à Rapopoff; mais je ne me pardonnerai jamais de n'avoir pu sauver aussi la femme de mon ami, car je suis sûr que c'est elle ! Certes, je ne vais pas l'abandonner. Je sais où elle est; il faudra bien que les bonzes nous la rendent. Dès que j'aurai pris quelques heures de repos, j'irai trouver le gouverneur Noghi, et je lui parlerai de verte façon.

Chemin faisant, le cosaque donna à son maître quelques explications sur sa captivité.

Rapopoff s'était, un beau matin, réveillé dans une cellule de moine, sans avoir jamais pu deviner de quelle façon on l'y avait transporté. Là, on ne lui donnait que quelques poignées de riz et un peu d'eau chaque jour, et on lui faisait subir de longs et minutieux interrogatoires.

M. Bondonnat crut comprendre que le gouverneur japonais n'était pas étranger à l'enlèvement de Rapopoff, qu'il avait sans doute pris, ainsi que son maître, pour un espion russe. Cette hypothèse expliquait parfaitement les vols de papiers et en même temps la négligence qu'avait mise le Japonais à rechercher les coupables.

Le résultat des réflexions de M. Bondonnat

fut qu'il ne serait guère prudent pour lui de prolonger son séjour dans l'île de Basan, et, pourtant, le vieillard était bien décidé à ne pas abandonner Lorenza à ses geôliers.

Après cette nuit d'aventures, M. Bondonnat et le cosaque lui-même étaient brisés de fatigue. Ce fut avec un véritable bonheur qu'ils rentrèrent dans la villa, bien décidés à se reposer pendant toute la matinée.

Rapopoff se mit aussitôt en devoir d'allumer du feu et de confectionner une tasse de thé, pendant que M. Bondonnat passait dans sa chambre et se défatiguait par des ablutions d'eau glacée.

Il en avait à peine fini avec ces soins hygiéniques, lorsqu'on frappa rudement à la porte extérieure. Il courut à la fenêtre et entrevit dans la pénombre — le jour commençait à peine à poindre — la robe grise d'un bonze.

— Diable ! grommela-t-il, voilà qui se complique ! Ces coquins viennent maintenant me relancer jusque chez moi ! Mais je suis bien décidé à ne pas me laisser intimider. Je vais leur répondre de la belle façon.

Il prit son browning et descendit rapidement pour aller ouvrir. Quelle ne fut pas sa surprise, en se trouvant en présence du peintre Louis Grivard, qui soutenait par la taille une femme, au visage horriblement pâle, encore vêtue d'une robe de bonze, et qu'il reconnut tout de suite pour l'idole vivante qu'il avait entrevue dans la crypte. D'un coup d'œil, il constata que la jeune femme portait encore la splendide cuirasse de perles qui était son seul costume dans le temple souterrain.

L'artiste paraissait en proie à une vive exaltation.

— J'ai reconquis ma Lorenza, s'écria-t-il avec enthousiasme. Mais elle est comme morte. On dirait un corps sans âme. J'ai dû la porter pendant presque tout le trajet. Ou, alors, si elle marche, c'est comme un automate, ou comme un fantôme...

— Ce n'est rien, fit le naturaliste après avoir jeté un coup d'œil sur la jeune femme. Elle est seulement sous l'influence de quelque drogue hallucinatoire !... Bon ! j'y pense, j'ai précisément de quoi la guérir. Amalu m'a laissé, l'autre jour, la formule du breuvage qui m'a ramené moi-même à la vie.

Sans perdre une minute, le naturaliste courut à son jardin, en revint avec les plantes nécessaires, les râpa, et en ayant exprimé le suc, put bientôt présenter à la guérisseuse de perles un verre rempli du breuvage bienfaisant.

L'effet en fut aussi prompt qu'efficace. Au bout de quelques minutes, Lorenza ouvrit complètement les yeux, regarda autour d'elle avec une profonde surprise. A la vue de son mari, un faible sourire se dessina sur ses traits, creusés par la fatigue.

— Où suis-je? murmura-t-elle. Que m'est-il arrivé?

Elle regardait avec stupeur les visages, inconnus pour elle, de M. Bondonnat et du cosaque Rapopoff.

— Rassure-toi ! dit vivement Louis Grivard, tu as été très malade; mais, maintenant, tu es guérie, ma chère Lorenza; et tu es avec des amis, M. Bondonnat, un Français, un grand savant, et ce brave cosaque, qui est le dévouement en personne.

Ce ne fut qu'avec d'infinies précautions que l'artiste, aidé de M. Bondonnat, finit par apprendre la vérité à la jeune femme.

— Il me semble que j'ai fait un mauvais rêve ! murmura-t-elle. Je me sens si faible que je suis à peine capable de marcher.

— Nous vous soignerons bien, déclara paternellement M. Bondonnat.

Le savant et l'artiste se regardèrent.

— Vous savez, interrompit Louis Grivard que le paquebot américain lève l'ancre à dix heures?

— Mais alors, s'écria joyeusement le savant, nous avons encore le temps de le prendre ! J'ai hâte d'être loin de cette terre de malédiction ! Eh ! Rapopoff...

— Qu'y a-t-il, petit père?

— Dépêche-toi d'emballer, d'empaqueter n'importe comment tout ce qui nous appartient ! Puis tu courras le long du rivage jusqu'à ce que tu trouves une barque; tu la loueras le prix qu'on t'en demandera, sans marchander, et tu diras à ses propriétaires de la conduire juste en bas du jardin.

— Mais s'ils demandent où vous voulez aller?

— Dis-leur qu'il s'agit d'une simple promenade en mer. Et, surtout, tâche de te faire voir le moins possible. Tu n'ignores pas que les bonzes doivent nous en vouloir.

— Bah ! répondit insoucieusement l'artiste que le bonheur avait transfiguré et qui avait repris toute sa jovialité naturelle, ces fainéants ne sont pas si prompts à agir. Je crois que nous avons largement le temps de nous embarquer !

— Me direz-vous enfin, demanda brusquement le naturaliste, comment vous avez réussi à sauver Mme Lorenza?

L'artiste eut un sourire.

— J'avais mon idée, quand hier je vous ai demandé de me prêter une barre de fer. J'avais remarqué que la caverne qui me servait d'habitation avait dû être creusée de main d'homme, et j'étais persuadé qu'elle n'était que l'issue d'un long couloir souterrain qui devait aboutir à la pagode.

« Vos confidences m'avaient donné à supposer que Lorenza devait être prisonnière des bonzes. Je formai donc le projet de faire irruption chez eux en me servant du souterrain. Malheureusement, il était obstrué par les décombres. Vous devinez maintenant pourquoi je vous ai demandé une barre de fer. Quant au browning, il était, bien entendu, destiné à brûler la cervelle au premier de ces coquins qui aurait voulu me barrer le passage !

« Ce ne fut pas sans un pénible travail que j'arrivai à me frayer un chemin à travers des pierres éboulées. Comme je l'avais pressenti, je me trouvai dans un spacieux corridor souterrain aux murailles ornées de sculptures naïves. Je me munis de quelques branches de bois résineux, en guise de torches, et je m'enfonçai hardiment dans ces ténèbres, faisant lever sous mes pas des milliers de chauve-souris.

« Une fois un peu éloigné du rivage, je ne rencontrai plus heureusement que des éboulements insignifiants, et j'arrivai beaucoup plus vite que je n'aurais pu le supposer à l'autre extrémité de mon souterrain ; mais, là, le chemin m'était barré par une solide muraille de granit. D'après les calculs que j'avais faits, je devais, en ce moment, me trouver juste sous les fondations du monastère.

« J'étais fort embarrassé. Je ne m'étais pas attendu à cet obstacle. J'essayai de voir s'il n'y avait pas quelque porte secrète, quelque bloc virant sur lui-même. Rien. La muraille sonnait le plein sous les coups de ma barre de fer.

— A votre place, dit M. Bondonnat, j'aurais essayé de la démolir.

— C'est ce que je fis, mais en pratiquant des pesées dans l'interstice des pierres pour faire le moins de bruit possible, et j'eus la chance de tomber sur une muraille construite à la hâte, sans doute, et qui n'avait dû être destinée qu'à obstruer l'entrée du couloir aboutissant à la mer. Les pierres étaient de faibles dimensions et retenues par un mortier très friable. Je me demande ce que j'aurais fait s'il avait fallu m'attaquer aux énormes blocs de granit qui constituent les fondations du temple.

« Bientôt, je sentis que la paroi était devenue extrêmement mince, et je dus travailler avec beaucoup de précautions, pour que ma barre de fer ne passât pas de l'autre côté. Enfin le trou était assez grand. D'un seul coup de barre, je fis tomber la lame de crépi qui, seule, maintenant, me barrait le passage, et je sautai d'un bond dans l'ouverture.

« Je me trouvai dans une crypte éclairée par une grande lanterne bleue. Je jetai un regard autour de moi, et je crus que j'allais devenir fou de joie... J'apercevais Lorenza, nue et couverte de perles des pieds à la tête, assise comme une idole sur l'autel !...

« Elle ne faisait pas le moindre mouvement.

« Tout mon sang se glaça dans mes veines. J'eus un instant la terrible pensée qu'elle était morte, embaumée, changée pour toujours en une muette idole.

« D'un bond, je sautai sur l'autel et je constatai, avec un indicible bonheur, que ma Lorenza, quoique bien pâle, bien affaiblie, était encore vivante. Je la saisis dans mes bras, et je l'emportai jusqu'à mon trou, comme un tigre doit emporter sa proie. Je suis sûr qu'il ne s'écoula pas une minute depuis mon entrée dans le temple jusqu'au moment où j'en ressortis.

« Ma torche d'une main, maintenant de l'autre Lorenza dont la tête inerte reposait sur mon épaule, je courais à perdre haleine le long du couloir.

« Pourtant je m'arrêtai, je revins sur mes pas chercher la barre de fer que j'avais oubliée, et, à un endroit où la voûte menaçait ruine, je provoquai — au risque de me faire écraser —

un éboulement qui devait arrêter longtemps ceux qui tenteraient de me poursuivre.

« D'ailleurs, je croyais qu'on ne s'apercevrait pas immédiatement de ma fuite, car le trou que j'avais creusé aboutissait derrière l'autel et la lueur faible et presque brumeuse que jetait la lanterne bleue laissait dans l'ombre tous les recoins de la vaste salle.

— Si vous n'aviez pas sauvé madame, dit M. Bondonnat, c'était moi qui la sauvais. Il n'y avait pas une minute que vous étiez parti que j'entrai dans la crypte où j'avais déjà pénétré une première fois.

Le naturaliste fit, à son tour, le récit de ses aventures.

— Mais j'y pense, conclut-il, qu'allez-vous faire de toutes ces perles ? Le pittoresque costume que Mme Lorenza représente une somme fabuleuse.

— Je garde les perles, déclara résolument Grivard. Il y en a d'abord, dans le nombre, une grande quantité qui m'appartiennent, ou plutôt qui appartiennent à mon mandataire. Quant au reste, je crois que ce serait faire preuve d'une délicatesse ridicule que d'aller les reporter à MM. les bonzes. Qu'en pensez-vous ?

— Je vous approuve entièrement.

— Cela me fait penser, fit Lorenza d'une voix faible comme un souffle, qu'il faut pourtant bien que je me débarrasse de ces colliers, de ces bracelets et de ces ceintures qui m'enserrent de toutes parts, et que je reprenne enfin un costume plus convenable que cette robe de bonze que Louis a trouvée derrière l'autel et qu'il a jetée sur moi au hasard, pour m'emporter !

— Diable ! murmura M. Bondonnat, je n'avais pas pensé à cela. Mais commencez toujours par vous débarrasser de votre précieuse cuirasse dans mon cabinet de toilette. Je vous trouverai bien quelque coffre pour les serrer. Pour ce qui est du costume, je ne puis mettre à votre disposition qu'une robe de chambre japonaise.

— Cela suffira, répliqua vivement la jeune femme. En y ajoutant une ceinture, la robe de chambre sera bien assez bonne pour aller du rivage jusqu'au paquebot. A bord, nous trouverons sans doute tout ce qui nous manque.

M. Bondonnat regardait depuis quelques instants Louis Grivard.

— Vous n'allez pas m'accompagner avec ces haillons et cette barbe de sauvage ? lui dit-il tout à coup. Vous auriez d'autant plus tort que j'ai ici tout ce que vous pouvez désirer : veston, pantalon, chemise, et, même, une excellente paire de ciseaux. Je vous les offre de grand cœur.

L'artiste accepta cette proposition avec joie ; et, bientôt, il eut pris un aspect plus correct. Il paraissait rajeuni de dix ans. On n'eût jamais supposé que l'élégant gentleman qui venait d'apparaître dans la salle à manger de M. Bondonnat fût le même être mélancolique, sale et haillonneux que l'on voyait, étendu sur le sable de la baie, se repaître de fruits sauvages et de coquillages crus.

Lorenza, elle aussi, était complètement transformée. La robe de chambre de soie, à grands ramages, retenue par une légère ceinture, moulait ses formes sveltes; ses beaux cheveux noirs étaient coquettement peignés à la mode japonaise, et son teint avait déjà perdu sa pâleur cireuse et repris les couleurs de la santé.

— Mon Dieu, que je suis heureuse! s'écria-t-elle en se jetant d'un élan passionné dans les bras de son mari.

Les deux jeunes époux, étroitement serrés l'un contre l'autre, se parlaient à l'oreille ou s'embrassaient furtivement en véritables amoureux.

— Ce qui me rend le plus content, après le plaisir de te retrouver, s'écria Louis Grivard, c'est que nous allons pouvoir rembourser largement les avances de notre mandataire.

— Vous lui enverrez une dépêche au premier port où nous trouverons une station télégraphique, dit M. Bondonnat, qui ne s'était jamais senti aussi heureux.

Cette conversation fut interrompue par l'arrivée du cosaque, qui annonça que l'embarcation demandée se trouvait amarrée au pied même de l'enceinte du jardin.

On procéda en hâte aux derniers préparatifs. M. Bondonnat n'eut garde d'oublier les masques japonais qui lui avaient permis de traverser le jardin de la pagode. Il n'oublia pas non plus les pieds de la plante qui produit la fleur du sommeil, et il les empaqueta lui-même dans une petite caisse spéciale.

Le naturaliste ne se préoccupa même pas du mobilier de la villa, qui était pourtant sa propriété; il savait que les minutes étaient précieuses, et il eût donné de bon cœur toutes les banknotes qui se trouvaient dans son portefeuille pour être déjà loin de cette île néfaste.

Quoi qu'il lui en coûtât, il n'avait même pas voulu prendre le temps d'aller dire adieu à la gentille Hatôuara et à son père, Amalu. Mais il se promit de leur écrire et de leur envoyer tous les présents qu'il jugerait les plus capables de leur plaire, parmi les productions de la civilisation occidentale.

Chacun transporta gaiement jusqu'au rivage les rares bagages qu'on emportait; et l'on prit place dans l'embarcation que montaient deux robustes rameurs océaniens, à la face souriante. M. Bondonnat, guidé par la prudence, avait recommandé au cosaque de ne prendre aucun batelier de race japonaise ou tagale.

Le canot quitta le bord et se dirigea — assez lentement, à cause des récifs de corail — vers le paquebot américain, dont la coque se découpait clairement sur l'azur éblouissant du ciel et de la mer, et dont les cheminées lançaient des torrents de fumée noire.

— Je voudrais déjà, s'écria M. Bondonnat, être sous la protection du drapeau américain. Je ne serai complètement tranquille que lorsque nous aurons mis le pied sur le pont du navire.

— Bah! dit l'artiste, vous voyez bien que personne n'a cherché à nous inquiéter. Les bonzes étaient trop dans leur tort pour tenter quelque chose contre nous.

— Hum! fit M. Bondonnat, je n'ai pas grande confiance dans ces gaillards-là!

Le savant fut interrompu par un des rameurs indigènes, qui le tirait par la manche et lui montrait quelque chose de noir dans le sillage.

En regardant plus attentivement, il reconnut que cette tache noire était la tête d'un nageur, ou plutôt d'une nageuse, car, au bout de quelques minutes, il reconnut la petite Hatôuara qui, fendant l'eau comme une sirène, ne se trouvait plus qu'à quelques mètres de l'embarcation.

M. Bondonnat était profondément touché.

— Pauvre petite! murmura-t-il. Elle nous a vus partir, et elle n'a pas voulu que nous quittions l'île sans recevoir ses adieux.

Hatôuara était arrivée tout auprès du canot. Un des rameurs l'aida à s'y embarquer. Elle y monta ruisselante et nue. Puis, se jetant aux genoux de M. Bondonnat, elle lui embrassa la main. Sa physionomie avait une expression profondément suppliante et mélancolique.

— Voulez-vous de la petite Hatôuara pour votre esclave? demanda-t-elle au botaniste. Je n'ai plus personne au monde.

— Mais ton père? Lui serait-il arrivé malheur?

— Ils l'ont tué, assassiné! Je l'ai trouvé étendu sur sa natte, le cœur percé d'un poignard.

— Qui « ils »? demanda M. Bondonnat, profondément troublé et affligé de cette terrible nouvelle.

— Les bonzes, les Japonais, que sais-je? On n'a pas pardonné au pauvre Amalu d'être votre ami et de vous avoir arraché à la mort. Si vous ne me prenez avec vous, j'aurai certainement le même sort! Quand j'ai vu votre barque quitter le rivage, j'ai senti mon cœur se serrer, et je me suis jetée à la mer, pour vous demander si vous vouliez de moi.

— Eh bien, oui, c'est entendu! s'écria M. Bondonnat dans un de ces élans de générosité dont il était coutumier. Tu es une brave enfant et, après tout, c'est un peu moi qui suis la cause de la mort de ton père...

Hatôuara ne répondit qu'en embrassant avec tendresse les mains de M. Bondonnat, et en les arrosant de ses larmes.

Il essayait de consoler de son mieux l'orpheline, lorsqu'il lui vint à l'idée qu'Hatôuara laissait derrière elle sa petite fortune et que, tout en l'emmenant, il serait peut-être bon de s'occuper de ses intérêts. Il demanda à la jeune fille si elle avait pris quelques dispositions à ce sujet.

— Hélas! soupira la pauvrette, j'ai déjà fait le sacrifice de tout ce que je possédais. Je sais bien que, mon père une fois mort, le rapace Noghi ne tarderait pas à mettre la main sur sa succession; aussi ai-je préféré ne pas même essayer de lutter.

On était arrivé à proximité du paquebot *le Pacific*, et ce fut avec un vrai bonheur qu'une fois les bateliers payés et congédiés, M. Bondonnat et ses amis mirent le pied sur le pont du navire.

Le capitaine — un Yankee pur sang — ne ti

au naturaliste aucune question. Il se contenta d'empocher les banknotes qu'on lui tendait et de désigner les numéros des cabines réservées aux cinq passagers.

Le Pacific était surtout un navire de commerce, et il n'était pas aménagé pour le transport d'un grand nombre de voyageurs. M. Bondonnat constata avec regret qu'il n'était pas muni d'appareil de télégraphie sans fil, ce qui le forçait de ne prévenir sa fille qu'à son arrivée à San-Francisco.

Pendant que chacun s'occupait de son installation, M. Bondonnat trouva, dans le salon des passagers, un journal américain de San-Francisco, qui ne remontait qu'à quelques jours et que le capitaine du *Pacific* tenait d'un de ses collègues, croisé en chemin.

Il le déplia machinalement. Puis ses yeux s'arrêtèrent sur un entrefilet placé en seconde page, et ce fut avec la plus profonde stupeur qu'il lut :

UNE IMPOSANTE CÉRÉMONIE

« La ville de San-Francisco doit prochainement être le théâtre d'une solennité des plus imposantes. Le yacht *la Revanche*, qui doit ramener la dépouille du grand savant français,

M. Bondonnat, est impatiemment attendu dans notre ville.

« La remise du corps aux autorités françaises doit être l'objet d'une cérémonie officielle, où le gouvernement de l'Union sera certainement représenté.

« On parle aussi d'une délégation de savants américains, qui, sous la présidence du célèbre docteur Cornélius Kramm, l'éminent physiologiste que l'on a surnommé le Sculpteur de chair humaine, doit rendre un suprême hommage au génial savant que fut M. Prosper Bondonnat. La fille et la pupille du défunt, dont on connaît les dramatiques aventures et l'héroïque dévouement filial, doivent conduire elles-mêmes le deuil, en compagnie de leurs fiancés et de la famille du milliardaire Fred Jorgell... »

— Qu'est-ce que cela peut bien vouloir dire? se demanda M. Bondonnat devenu tout pensif. Je ne suis pourtant pas mort, que diable !

Il fut interrompu par la clameur stridente de la sirène à vapeur. *Le Pacific* avait levé l'ancre, l'hélice tournait. Le vieux savant oublia un instant toute autre préoccupation pour s'abandonner au plaisir de voir l'île de Basan s'atténuer petit à petit dans le lointain et se perdre enfin, comme un flocon de brume azurée, tout au fond de l'horizon.

DEUXIÈME PARTIE

LES DRAMES D'UNE NUIT

CHAPITRE PREMIER

RÉSURRECTION !

Depuis le matin les rues de San-Francisco présentaient une animation inaccoutumée. D'heure en heure, des centaines de trains débarquaient des milliers de voyageurs, venus de tous les points de l'Amérique.

En dépit des efforts de quatre régiments de policemen à cheval qui se livraient, de temps à autre, à de véritables charges, il était à peu près impossible de circuler à travers cette multitude où se coudoyaient tous les peuples du monde : Américains, Chinois, nègres, Océa-

niens et jusqu'à des Esquimaux, encore vêtus, malgré la chaleur, de leurs blouses de peau de phoque et de leurs épaisses fourrures.

Des fenêtres des hautes maisons, presque toutes reconstruites en acier après le dernier tremblement de terre, des groupes nombreux se pressaient, et, dans certains endroits, des spéculateurs avaient dressé des estrades dont les places se louaient jusqu'à vingt, cinquante et cent dollars.

C'était sur le parcours des quais à la gare du Central Pacific railroad que l'animation était la plus grande. Là, les policemen devaient livrer de véritables combats; la marée humaine, sans cesse grossissante, se ruait par toutes les rues adjacentes, et cherchait à envahir la large avenue par où devait passer le cortège dont l'attente excitait à un si haut degré la curiosité des habitants de *Frisco*.

Au milieu de cette cohue, trois voyageurs, installés dans une automobile dont la plate-forme était chargée de nombreux bagages, n'arrivaient pas, en dépit de tous les efforts de leur chauffeur, à se frayer un passage.

Dans une autre ville que San-Francisco, qui sert de rendez-vous à toutes les races de l'univers, le costume des voyageurs et leur allure n'eussent pas manqué d'attirer la curiosité des badauds; mais ici, personne ne faisait la moindre attention à eux.

De ces trois personnes la première était un cosaque, facilement reconnaissable à ses yeux bridés, à ses pommettes saillantes et à son nez aplati; il était vêtu d'un vieux costume de matelot, trop étroit pour sa grande taille, et coiffé d'une toque de fourrure; la seconde était un vieillard à la barbe et aux cheveux blancs, à la physionomie pleine d'intelligence et de bonté. Il portait un élégant complet de coutil blanc et un chapeau en fibre de panama; enfin la troisième était une petite Océanienne, de quinze à seize ans tout au plus, tête nue, les cheveux relevés à la japonaise et retenus par de longues épingles; elle se drapait dans un luxueux kimono de soie rouge, brodé d'or.

— Je crois, dit tout à coup le vieillard, qui semblait observer cette foule avec un sourire ironique, que nous ne pourrons jamais arriver au Palace Hôtel. Qu'en penses-tu, mon brave Rapopoff?

— Je pense, petit père, balbutia le cosaque, à qui cette multitude houleuse causait une sensation proche de mal de mer, ou tout au moins du vertige, que nous ferions mieux de retourner en arrière.

— Impossible, répliqua le vieillard. Il est aussi difficile de revenir sur ses pas que d'avancer.

A ce moment, une dizaine de voix hurlantes dominèrent le tumulte de la foule. C'était une bande de camelots, auxquels on venait d'ouvrir la porte d'une imprimerie et qui se ruaient dans la bagarre, en criant:

— Demandez le numéro du *San-Francisco Herald!* Avec le portrait de l'illustre Bondonnat et le détail de ses obsèques!

On se battait pour leur arracher les feuilles, que certains badauds leur payaient jusqu'à un dollar. Cinq minutes ne s'étaient pas écoulées qu'ils avaient épuisé leur provision de journaux; on dut leur jeter de nouveaux numéros, des fenêtres de l'imprimerie.

La petite Océanienne regardait ce spectacle avec une surprise qui n'était pas exempte d'une certaine terreur, voyant et écoutant tout avec une attention suraiguë. Brusquement, elle tressaillit, et se tournant vers le vieillard:

— Mais il me semble, s'écria-t-elle, que c'est votre nom qu'ils prononcent!

M. Bondonnat ne répondit pas à cette question. Le sourire légèrement ironique, qui avait un instant déridé ses traits, avait disparu. Il était en proie à une fiévreuse impatience.

— Il faut, pourtant, que nous avancions! dit-il au chauffeur.

— Impossible! fit l'autre avec un geste résigné.

— Il y a cent dollars pour vous, si nous atteignons le Palace Hôtel ou seulement un café d'où je puisse téléphoner!

L'homme haussa les épaules:

— Quand vous m'en promettriez mille, répliqua-t-il, ce serait la même chose!...

Il ne put achever sa phrase. Un orchestre de cinq cents musiciens, qui se trouvait à peu de distance, venait d'attaquer la *Marche funèbre* de Chopin; le rugissement des cuivres et les roulements lugubres des tambours couvraient même la voix de la multitude.

Mais, à ce moment, il se produisit dans la cohue une poussée formidable. L'automobile, enlevée par cent bras vigoureux, parcourut une trentaine de mètres par-dessus les têtes des spectateurs. Les trois voyageurs durent se cramponner à leurs sièges.

L'auto, projetée avec une puissance presque irrésistible, ne fut arrêtée, dans son élan, que par le régiment de policemen qui barrait l'extrémité de la rue. Mais, grâce à cette poussée brutale, elle se trouvait maintenant en bordure de l'avenue même où le cortège allait commencer à se dérouler.

M. Bondonnat et ses compagnons montèrent debout sur le siège pour mieux voir le spectacle qui s'offrait à eux. A peu de distance de là, ils apercevaient la gare du Central Pacific railroad, toute tendue de velours noir orné de larmes d'argent et transformée en un gigantesque catafalque, éclairé par les flammes vertes de lampadaires de bronze. Toute la place qui s'étendait devant la gare n'était qu'un immense bouquet de fleurs. Il en était venu des trains entiers, hommage de tous les savants de l'univers à la mémoire de l'illustre Prosper Bondonnat!

L'avenue, de la gare aux quais, était également tendue de velours noir dans toute sa longueur. Tous les globes électriques étaient allumés et voilés de larges crêpes flottants, d'un aspect fantastique; enfin, partout, à toutes les fenêtres, aux branches de tous les arbres, claquaient au vent des milliers de drapeaux américains et français, également cravatés de noir.

Au centre de la place, une estrade protégée par une tente de riches draperies était occupée par de graves personnages en habit noir, des diplomates et des généraux aux brillants uniformes.

Tout à coup, des vivats saluèrent l'apparition du cortège, que précédait une imposante escorte de policemen à cheval, accompagnés d'un corps de la garde civique, immédiatement suivi par les cinq cents musiciens, qui continuaient à jouer, en avançant lentement, la *Marche funèbre* de Chopin.

M. Bondonnat éprouvait un étrange saisissement. Ses mains amaigries tremblaient d'émotion, et, quand même la musique et le tumulte de la foule n'eussent pas couvert le bruit de sa voix, il n'eût pu parler, tant il avait la gorge serrée. Il se frottait les yeux pour s'assurer qu'il était bien éveillé, qu'il n'était pas en train de se débattre contre un cauchemar. Et il ne put s'empêcher de se comparer à Charles-Quint qui, suivant une tradition, voulut assister lui-même, couché dans un cercueil, à ses propres obsèques, au monastère de Saint-Just.

Ce cortège, digne d'un roi ou d'un prince, continua à défiler devant ses yeux comme une étincelante vision.

Après les musiciens venaient, par douzaines, des voitures chargées de fleurs. Puis le char funèbre lui-même, orné aux quatre angles de torchères où brûlaient des flammes vertes; il était surmonté d'un dôme de drap d'argent soutenu par quatre colonnes d'ébène. Le chauffeur, qui le conduisait avec une lenteur solennelle, était revêtu d'un habit à la française, pompeusement galonné.

Derrière venaient plusieurs voitures de deuil, aux stores baissés.

A la pensée que sa fille se trouvait dans l'une d'elles, M. Bondonnat sentit le vertige le gagner. Il voulut s'élancer, crier; mais son geste et son cri se perdirent dans la puissante rumeur de la multitude, dans le tonnerre des acclamations et des musiques.

Le vieillard se laissa retomber sur son siège, pâle, défait, à demi-mort, regardant, d'un œil terne et comme brouillé par les larmes, la majestueuse cérémonie qui continuait à se dérouler selon les phases prévues.

Protégés par les policemen, dont la tâche devenait de plus en plus difficile, les représentants des diverses sociétés savantes, des États américains et des corps constitués étaient venus occuper, autour de la place, les estrades qui leur avaient été réservées.

Un petit groupe, au milieu duquel se remarquaient trois jeunes filles, couvertes de longs voiles noirs, alla prendre place sur une petite estrade, plus luxueusement décorée que les autres. Et l'on se répétait, dans la foule, que ceux-là qu'on honorait d'une distinction aussi flatteuse n'étaient autres que les parents et amis du défunt.

M. Bondonnat se sentait défaillir.

— Ma fille! ma chère Frédérique! bégayat-il. Comment lui épargner cette douleur?

Cependant le char funèbre s'était arrêté à côté de l'estrade. L'orchestre s'était tu et, soudain, il se fit un grand silence, au milieu de cette mer humaine qui s'étendait dans toutes les directions, jusqu'à l'extrémité la plus lointaine de toutes les larges avenues qui convergent vers la gare.

Un maître de cérémonie s'avança au bord de l'estrade où se trouvaient les savants et les diplomates, et annonça d'une voix claire :

— M. le docteur Cornélius Kramm va prendre la parole au nom des membres de la National Academy de New-York...

M. Bondonnat, éperdu, vit alors se lever un personnage à la physionomie singulièrement caractéristique. Son visage, entièrement rasé, offrait des traits réguliers, et son front très haut, son crâne énorme, annonçaient une puissante intelligence; mais ses lèvres minces indi-

quaient une méchanceté froide et, derrière ses larges lunettes d'or, ses yeux sans cils étaient à la fois fixes et obliques comme ceux de certains oiseaux de proie.

— Cornélius! le fameux docteur Cornélius! se répétait la foule, le sculpteur de chair humaine !...

Le silence attentif de la multitude était devenu plus profond.

Ce fut avec une aisance parfaite que le docteur Cornélius Kramm commença son discours.

— Messieurs! Le savant, auquel nous venons rendre ici un juste et public hommage, fut une des plus nobles intelligences dont puisse s'honorer l'humanité. Grâce à lui, le savoir humain a accompli d'immenses progrès, et, si la mort n'était pas venue le frapper dans des circonstances assez mystérieuses, il aurait, sans nul doute, encore enrichi notre patrimoine intellectuel de découvertes comparables à celles qui ont tant contribué à sa gloire.

« M. Prosper Bondonnat est mort assassiné par les sinistres bandits de la Main-Rouge, dans une île perdue de l'océan Pacifique...

Le docteur Cornélius, en proie à un trouble soudain, s'arrêta net, et ne put achever sa phrase.

Ses yeux, qui erraient distraitement sur l'assistance, venaient de rencontrer ceux de M. Bondonnat lui-même. Les deux regards s'étaient croisés, et Cornélius, malgré toute son audace, était tout à coup devenu d'une pâleur livide. Il ne se rappelait plus un seul mot de qu'il avait à dire.

— Messieurs, balbutia-t-il, excusez une émotion... bien légitime...

De longs murmures commençaient à s'élever dans la foule. Les uns s'extasiaient sur la sensibilité de ce bon docteur Cornélius, les autres trouvaient son attitude tout à fait étrange et incompréhensible.

La foule murmurait, mais sourdement. On devinait qu'il y avait, dans les esprits, comme une atmosphère de drame. C'était un de ces moments où l'on sent, sans savoir pourquoi, qu'il va se passer quelque chose d'extraordinaire. Cet « événement extraordinaire », on l'attendait. Il se produisit.

Dans la foule, à quelques mètres de l'estrade, un chien se mit à aboyer furieusement un grand chien noir de la race des barbets. Puis il rompit sa chaîne que tenait un jeune homme pâle et chétif, un peu bossu, et s'élançant à travers les jonchées de fleurs, il atteignit en trois bonds l'automobile où se tenait M. Bondonnat.

Il lui léchait les mains; il avait sauté sur ses genoux, et le vieillard, éperdu, ému jusqu'aux larmes, brisé par ces émotions successives, répétait, d'une voix faible et cependant satisfaite :

— Pistolet! Mais c'est mon bon chien Pistolet !

Des groupes nombreux commentaient l'incident et se demandaient quel était l'étrange vieillard, quand deux policemen, armés de leur casse-tête à boules de plomb, s'approchèrent, pour s'emparer de l'animal.

— Ce n'est pas ici la place d'un chien ! dit brutalement l'un d'eux.

Et il leva son casse-tête pour fracasser la tête du barbet.

— Je vous en prie, messieurs, balbutia M. Bondonnat. Ne faites pas de mal à ce chien qui m'appartient !

Le vieillard n'aurait peut-être pas eu le dessus dans la querelle, si le petit bossu, qui tenait encore en main le bout de la chaîne brisée, n'était intervenu tout à coup :

— Monsieur, commença-t-il, ce chien m'appartient...

Mais, quand il aperçut le visage de M. Bondonnat qui tenait Pistolet sur ses genoux et le protégeait de son mieux, il poussa un cri de surprise et de joie.

Et, s'élançant impétueusement dans l'auto :

— M. Bondonnat ! c'est lui ! vivant !...

Il avait pris les mains de son vieux maître et il les couvrait de ses baisers et de ses larmes.

Les deux policemen étaient demeurés stupéfaits, ne sachant ce que signifiait cette scène. Mais les paroles du petit bossu avaient été entendues de ses plus proches voisins, qui, presque tous, tenaient en main le numéro du San-Francisco Herald, où se trouvait le portrait du savant.

Il leur suffit d'un coup d'œil pour découvrir la ressemblance du portrait et de l'original, et bientôt une rumeur courut dans la multitude, s'enfla et grandit comme le roulement lointain de la foudre.

Bientôt le même cri s'échappa de cent mille poitrines :

— Vivant ! Bondonnat est vivant !...

— Oui, s'écriait le bossu, il est vivant ! Le voici ! Venez vite, mon cher maître, vous jeter dans les bras de vos enfants et de vos amis !

— Vive Bondonnat ! cria une voix.

Ce mot fut le signal d'une acclamation générale. On voulait porter le vieux savant en triomphe. Une escouade de policemen était heureusement accourue au triple galop, et c'est grâce à leur protection que M. Bondonnat et Oscar, que suivaient le cosaque et la petite Océanienne apeurés et tremblants, purent arriver jusqu'au pied de l'estrade principale.

En apercevant le vieillard, une jeune fille s'était levée, pâle comme une morte sous ses longs vêtements de deuil.

— Frédérique ! mon enfant ! balbutia le vieillard.

— Mon père ! s'écria la jeune fille, en étendant les bras.

Mais la secousse avait été trop brutale. Frédérique s'affaissa inanimée, morte peut-être, dans les bras de ceux qui l'entouraient.

— Je l'ai tuée ! s'écriait le vieillard avec désespoir.

Et, en proie à un véritable égarement, il voulait se précipiter sur le corps de la jeune fille.

A ce moment, deux policemen d'une taille athlétique l'empoignèrent avec rudesse et l'entraînèrent.

— Que me voulez-vous? cria le malheureux savant. Laissez-moi, je vous en prie.

— Suivez-nous, lui répondit l'homme brutalement. Au nom de la loi, je vous arrête !

— Qu'ai-je fait?

— Vous avez une fière audace de le demander ! Il faut que vous soyez vraiment effronté pour prendre le nom du grand savant et vous faire passer pour lui, au moment même où toute l'Amérique s'est dérangée pour assister à ses obsèques !

— Mais je vous jure que je suis bien Prosper Bondonnat, répondit le vieillard perdant tout sang-froid.

— C'est un fou, dit le second policeman qui jusqu'alors n'avait pas ouvert la bouche. Et, de fait, il lui ressemble un peu !

— Je vous jure que j'ai dit la vérité, répéta obstinément le vieillard.

— Allons, pas d'observations ! reprit le premier policeman. Vous vous expliquerez avec le chef du poste.

Tout en parlant, les deux agents qu'entouraient une vingtaine de leurs collègues avaient entraîné M. Bondonnat jusqu'au commissariat spécial de la gare. On le laissa seul dans une sorte de cellule qui n'était meublée que d'un lit de camp et d'un escabeau.

Le vieillard se demandait avec tristesse, en se voyant de nouveau captif, si la série de ses malheurs allait recommencer.

Au dehors, il entendait des cris furieux, de longues acclamations, tout le bruit d'une tempête populaire, d'une véritable émeute.

Cependant, au milieu du désarroi qui s'était produit lorsque Frédérique était tombée, le bossu, Oscar Tournesol, s'était aperçu qu'on arrêtait son maître, et aussitôt il en avait prévenu l'ingénieur Paganot, le naturaliste Ravenel, Mlle Andrée de Maubreuil et miss Isidora, les deux meilleures amies de Frédérique.

— Mesdemoiselles, dit-il, occupez-vous, je vous prie, de soigner votre amie. M. Bondonnat vient d'être arrêté, il faut aller le plus vite possible à son secours. Je crains qu'il n'y ait là-dessous encore quelque coup de la Main Rouge.

Et Oscar, après leur avoir dit quelques mots à l'oreille, emmena avec lui l'ingénieur et le naturaliste.

Miss Isidora et Andrée de Maubreuil, qui avaient été presque aussi émues que Frédérique elle-même à l'apparition du spectre de M. Bondonnat, se raidirent contre leur émotion, et, en attendant que cet étrange mystère fût dissipé, s'empressèrent auprès de leur amie. Elles lui baignèrent les tempes d'eau fraîche, lui firent respirer des *lavander salts*, mais tous ces soins furent inutiles, Frédérique demeurait inerte et glacée.

— Mon Dieu, elle est morte ! s'écria Andrée. La joie et la surprise l'ont tuée !...

Les deux jeunes filles s'affolaient, perdant la tête, au milieu d'une foule de gens qui leur proposaient inutilement leurs bons offices.

Fred Jorgell survint heureusement. Il était parvenu à grand'peine à fendre la cohue, pour arriver jusqu'à l'estrade. Miss Isidora lui expliqua la situation en quelques mots. Son premier soin fut de faire appel aux policemen, dont il était parfaitement connu, et qui, à l'aide de leurs casse-tête, firent place nette autour de l'estrade; puis deux d'entre eux transportèrent Frédérique, qui ne donnait plus signe de vie, jusqu'au poste de secours dont la gare du Central Pacific railroad est pourvue. Cornélius se faufila derrière, en compagnie de Fred Jorgell, auquel il offrit obligeamment ses services, et celui-ci n'eut garde de refuser les soins de l'illustre praticien.

Avant de suivre le milliardaire, Cornélius avait eu le temps de dire quelques mots à l'oreille d'un correct gentleman qui avait suivi toute cette scène avec une anxiété visible et qui n'était autre que Fritz Kramm, le marchand de tableaux, le frère du docteur.

Cependant, dans toute la ville, le tumulte était à son comble, la foule était exaspérée par la curiosité et aussi par l'attente et la déception.

— Voyons, criaient les uns, Bondonnat est-il mort ou vivant? Il faudrait le savoir!

— On se fiche de nous! Ce fameux Français se porte aussi bien que vous et moi. Je l'ai vu!

— Je vous dis que non! C'est un escroc qui lui ressemble!

— La preuve que Bondonnat est bien vivant, c'est que la musique ne joue plus, que les discours sont arrêtés, et que la fille de Bondonnat est morte de saisissement en apercevant son père!

Ce fait capital que musique et discours avaient cessé avait fait une grande impression sur la foule. Les Américains détestent, avant tout, qu'on se moque d'eux, et, dans cette occasion, ils se croyaient à peu près sûrs d'avoir été le jouet d'une mystification.

Ils commencèrent à manifester leur mauvaise humeur en cassant, à coups de pierre, les globes électriques et en culbutant les estrades d'où les notabilités étaient descendues, au milieu du désarroi général. Les Chinois, très nombreux dans la cohue, avaient été, dès le début, frappés de la beauté du velours noir, frangé d'argent. Ils commencèrent à en arracher de larges morceaux, qu'ils emportaient sournoisement.

Ils furent, d'ailleurs, bientôt secondés, dans ce travail, par des bandits de toutes les nations, qui abondent à San-Francisco. Comme par magie, l'avenue qu'avait suivie le cortège funèbre se trouva dépouillée de tous ses ornements.

La foule, pour qui ce pillage n'avait été, pour ainsi dire, qu'un avant-goût, était maintenant déchaînée. Elle houlait, comme la mer battue par l'ouragan. Les policemen ne savaient plus où donner de la tête. C'était une véritable émeute qui grondait; quelques matelots commençaient déjà à briser les vitres des boutiques, et les commerçants fermaient leurs devantures en toute hâte.

Au milieu de ces scènes de désordre, les chars qui portaient les couronnes ne furent pas plus respectés que le reste, la multitude les culbuta

et s'empara d'une partie des fleurs, en foulant les autres aux pieds.

Une quarantaine de miliciens à cheval défendirent courageusement le char funèbre, sur lequel se trouvaient les restes — authentiques ou non — de M. Bondonnat. Ils s'étaient retranchés à l'entrée d'une petite rue latérale; mais ils allaient sans doute être obligés de céder à la canaille, qui tenait à s'emparer des torchères d'argent et des riches draperies, lorsqu'une auto vint stopper derrière les miliciens.

Elle était escortée par une vingtaine de robustes matelots, et l'homme qui la conduisait était celui-là même auquel le docteur Cornélius avait fait, une demi-heure auparavant, de mystérieuses recommandations. C'était Fritz Kramm.

Il fit entendre au chef des miliciens qu'il avait mission de mettre en lieu sûr le cercueil du grand savant; on n'avait aucune raison de ne pas ajouter foi à ses allégations.

Le cercueil fut donc chargé dans l'automobile qui se perdit bientôt dans l'enchevêtrement des petites rues qui s'étendent entre le port et la gare du Central Pacific railroad. Les miliciens battirent en retraite, et la foule en profita pour démolir entièrement le superbe char funèbre, dont elle se partagea les débris.

Pendant que cette scène avait lieu, l'ingénieur Paganot, le fiancé de Mlle Andrée de Maubreuil, le naturaliste Roger Ravenel, le fiancé de Frédérique, avaient suivi le bossu Oscar Tournesol jusqu'au commissariat spécial de la gare. Là, ils demandèrent à être mis en présence de l'homme qui se faisait passer pour M. Bondonnat; le chien Pistolet les avait suivis, en continuant à aboyer énergiquement, comme s'il eût été exaspéré de l'erreur dont son maître était victime.

L'officier de police se fit d'abord un peu tirer l'oreille, mais quand Roger Ravenel, qu'il savait être un ami du milliardaire, Fred Jorgell, eut déclaré qu'il se portait caution pour la somme que l'on exigerait, si considérable fût-elle, toutes les objections tombèrent, et M. Bondonnat fut amené dans le bureau où se trouvaient déjà le commissaire spécial et les trois jeunes gens.

Le vieux savant était heureusement muni de pièces qui établissaient son identité et qui se trouvaient dans son portefeuille lorsqu'il avait été conduit à l'île des Pendus. De plus sa ressemblance avec une photographie de M. Bondonnat, dont l'ingénieur Paganot était porteur, formait un sérieux argument. Enfin les aboiements et les caresses de Pistolet ne permettaient guère de conserver de doute sur la personnalité réelle du vieillard.

— Mais, enfin, demanda le commissaire spécial à qui cette aventure extraordinaire inspirait la plus grande méfiance, pourquoi, si vous êtes bien le véritable Bondonnat, n'avez-vous pas prévenu votre fille dès votre arrivée? Vous auriez évité l'émeute qui, en ce moment, se déchaîne dans la ville, et dont vous êtes responsable.

— Monsieur, cela m'a été absolument impossible. Il y a deux heures à peine que le vapeur *le Pacific*, sur lequel je m'étais embarqué à l'île de Basan, a jeté l'ancre dans le port, et vous savez vous-même qu'il n'y a pas moyen de circuler dans la ville. Puis j'ignorais où se trouvait ma fille. J'ai fait vainement les plus grands efforts pour atteindre le Palace Hôtel, d'où je comptais téléphoner.

Le commissaire spécial réfléchit un instant.

— J'éclaircirai tout cela, murmura-t-il.

— Alors, demanda l'ingénieur Paganot, M. Bondonnat va être remis en liberté?

— Soit ! mais c'est à condition que vous répondiez de sa personne. Je vous ferai connaître tantôt à quelle somme je fixe le chiffre de sa caution.

— Messieurs, je vous en supplie, balbutia le vieillard que cette succession d'émotions violentes avait complètement anéanti, je vous en conjure, dites-moi si ma chère Frédérique est sauvée !

— Vous allez le savoir à l'instant même. Le poste de secours où elle a dû être transportée se trouve dans la gare.

— Je vais prendre de ses nouvelles ! s'écria impétueusement Roger Ravenel.

— J'y vais aussi, ajouta M. Bondonnat.

— Non, cher maître, dit l'ingénieur Paganot. Restez ici. Il est plus prudent de ne pas exposer Mlle Frédérique à une seconde commotion.

— Vous avez raison, murmura le vieillard, en tombant anéanti sur un siège.

L'ingénieur n'avait pas dit le fond de sa pensée et, s'il avait retenu M. Bondonnat, c'est qu'il se disait avec angoisse que peut-être la jeune fille aurait succombé au choc terrible qu'elle avait ressenti en voyant se dresser devant elle le spectre de son père.

Heureusement, ses craintes étaient exagérées. Quelques minutes plus tard, le naturaliste revint, la physionomie radieuse.

— Rassurez-vous, mon cher maître, dit-il, notre chère Frédérique a bien recouvré ses sens, et cela, je dois le dire, grâce aux soins du docteur Cornélius qui a tout mis en œuvre pour venir à bout de la syncope.

Dès lors, il ne fut plus possible de retenir M. Bondonnat. L'instant d'après, le père et la fille se jetaient en pleurant dans les bras l'un de l'autre. Quant au docteur Cornélius, il s'était modestement éclipsé, sans doute pour échapper aux remerciements.

L'ingénieur Paganot, Roger Ravenel, miss Isidora, Andrée, Fred Jorgell et le bossu, Oscar Tournesol, n'étaient guère moins émus que M. Bondonnat et sa fille.

Le commissaire central mit fin à cette scène attendrissante en priant le milliardaire et ses amis de monter dans une auto qu'il avait fait venir et qui, sous bonne escorte, les conduirait tous au Palace Hôtel.

Chacun s'empressa d'obéir. Une demi-heure plus tard, tous les amis se trouvaient réunis dans un des salons du luxueux caravansérail, qui passe pour être le plus vaste de toute l'Amérique. Là, le premier soin de M. Bondonnat

fut de téléphoner au police office, en promettant une forte prime pour qu'on retrouvât le cosaque Rapopoff et la petite Océanienne, qui s'étaient perdus dans la foule en cherchant à le suivre, et que, dans son émotion, il avait un instant complètement oubliés. Deux policemen, d'ailleurs, les ramenèrent dans la soirée.

M. Bondonnat, qui, transporté de bonheur en se retrouvant au milieu des siens, avait oublié toute sa fatigue, fit le récit détaillé de ses étranges aventures.

— J'adopterai la petite Hatôuara, déclara Frédérique. Je veux que cette pauvre orpheline soit instruite et éduquée convenablement par mes soins. Mais pourquoi, mon père, n'avez-vous pas amené avec vous, pour nous les faire connaître, le peintre Grivard et la charmante guérisseuse de perles?

— Je les ai priés tous les deux de m'accompagner, mais Lorenza a éprouvé de telles souffrances, pendant sa captivité chez les bouddhistes, que sa santé en a été fortement ébranlée. Elle a dû demeurer à bord, d'où elle prendra le premier train rapide en partance pour New-York. Tous deux m'ont promis, d'ailleurs, que nous nous reverrions en France, et il est entendu qu'aussitôt notre retour, Lorenza et son mari viendront passer quelques semaines dans notre villa bretonne.

« Quant au cosaque, déclara le naturaliste, nous en ferons un garçon de laboratoire émérite... s'il parvient à se corriger de l'habitude de vider des flacons d'alcool et de se confectionner des tartines avec certains produits chimiques.

M. Bondonnat, après avoir terminé le récit de ses aventures, attendit avec impatience qu'on lui fît connaître la manière dont on avait découvert sa retraite et dont on s'était emparé de l'île des Pendus.

Ce fut l'ingénieur Paganot qui se chargea de cette narration, en donnant les plus vifs éloges à l'ingéniosité et au courage de lord Astor Burydan. Il dit comment l'excentrique avait eu l'heureuse idée de prendre à son service tous les clowns du Gorill-club; comment le nageur Bob Horwett avait détruit les torpilles; enfin, comment les bandits, déjà terrifiés par les visions cinématographiques projetées sur le pont de l'*Ariel*, avaient été vaincus et anéantis en bataille rangée.

— Mais, demanda M. Bondonnat, que sont devenus les bandits de la Main Rouge? Il y en avait parmi eux quelques-uns qui étaient d'assez braves gens.

— Le lendemain même de notre victoire, un croiseur de l'État — que les démarches de M. Fred Jorgell avaient enfin décidé le gouvernement américain à envoyer à notre secours — est venu jeter l'ancre en face de l'île et a pris à son bord tous les bandits; ils doivent être jugés ultérieurement. Quant aux Esquimaux, on ne s'est pas occupé d'eux.

— Et les Russes? Et le prophète Raminoff? demanda encore M. Bondonnat.

— On a pris les mesures nécessaires pour qu'ils soient ramenés en Europe.

— En somme, reprit le vieillard, dans cette étrange aventure tout s'est terminé mieux que nous n'aurions pu l'espérer; mais il y a trois personnes qui manquent à cette réunion. D'abord, l'ingénieur Harry Dorgan, dont j'aurais été enchanté de faire la connaissance...

— Vous le verrez d'ici peu, répliqua Fred Jorgell. Il est en ce moment à New-York, où l'extension qu'a prise la Compagnie des Paquebots Éclair rend sa présence indispensable.

— Mais lord Burydan et le fidèle Kloum, le Peau-Rouge, n'ont pas les même excuses ! dit en riant le vieux naturaliste, et il me semble que leur place était tout indiqué à mes obsèques ?

— Vous savez, répondit Roger Ravenel, que lord Burydan est l'homme le plus fantasque qui soit. Il n'en fait qu'à sa tête. Sitôt que nous avons été arrivés à San-Francisco, il nous a quittés sans dire où il allait, en compagnie de Kloum et d'un Français nommé Agénor Marmousier, qui est en même temps son ami et son secrétaire. Mais, soyez tranquille, lord Burydan est de ceux qui ne restent jamais longtemps sans que l'on entende parler d'eux.

M. Bondonnat et ses amis ne se couchèrent qu'à une heure fort avancée, le soir de cette mémorable journée. Tous étaient brisés de fatigue, mais enchantés que les choses se fussent terminées de si heureuse façon.

Le lendemain, le premier soin de M. Bondonnat fut de se rendre au police-office, d'abord pour y déposer une caution comme il l'avait promis, puis pour savoir ce qu'était devenu le cadavre embaumé auquel les bandits de la Main Rouge avaient réussi à donner sa propre ressemblance. Il ne doutait pas que l'examen attentif de cette curieuse pièce anatomique n'amenât de singulières découvertes.

Malheureusement, ainsi que le lui apprit le directeur de la police de San-Francisco, le cercueil où se trouvait le corps du prétendu Bondonnat avait disparu dans la bagarre. Les recherches les plus minutieuses ne donnèrent aucun résultat. On supposa qu'à la suite de l'émeute, le cercueil avait dû être jeté à la mer. Il fallut renoncer à savoir ce qu'il était devenu.

Est-il besoin de le dire, les poursuites commencées contre M. Bondonnat ne furent pas continuées. La somme qu'il avait déposée en guise de caution lui fut rendue.

Bientôt, les journaux annoncèrent que le vénérable savant, dont la santé était complètement rétablie, avait consenti à passer quelques semaines en Amérique, dans les propriétés de son ami, le milliardaire Fred Jorgell, avant de regagner définitivement la France. Les mêmes journaux annonçaient le triple mariage de Mr Harry Dorgan et de miss Isidora, de M. Roger Ravenel et de Mlle Frédérique Bondonnat, de M. Antoine Paganot et de Mlle Andrée de Maubreuil.

CHAPITRE II

UNE VISITE INATTENDUE.

Trois mois après ces événements, un lourd camion automobile, qu'escortaient huit cavaliers armés jusqu'aux dents, suivait lentement la belle route ombragée de platanes qui longe la rive méridionale du lac Ontario.

En cet endroit, le paysage est un des plus beaux qui se trouvent dans l'Amérique du Nord. La nappe immense du lac, d'un bleu presque blanc, est couverte de centaines de petites îles verdoyantes, que l'on appelle les *Mille Îles* et qui semblent autant de bouquets flottant sur la calme surface des eaux limpides. Sur beaucoup de ces îles sont installés de délicieux cottages, construits en briques de couleurs vives, qui donnent de loin à ce paysage l'aspect d'un royaume enchanté. De riches canots d'érable, d'acajou, élégamment pavoisés et couverts de tentes multicolores, vont d'une île à l'autre. Toute idée de fatigue, de labeur et de misère est absente de ce décor gracieux.

Cette opinion était sans doute celle des cavaliers qui escortaient le camion, car ils n'avançaient qu'avec une nonchalante lenteur, s'arrêtant même de temps à autre pour admirer ce site merveilleux dans tous ses détails.

Cependant, ils étaient arrivés à un endroit où la route était bordée par une muraille monumentale, au-dessus de laquelle on apercevait les arbres d'un parc, presque entièrement planté de gigantesques thuyas. Ils longèrent cette muraille pendant environ un mille, et arrivèrent enfin en face d'une haute grille de fer forgé, près de laquelle s'élevait un coquet pavillon qui devait être l'habitation d'un garde.

Un homme à longue barbe et à lunettes, qui paraissait être le chef de la petite caravane, fit tinter la cloche destinée à signaler l'arrivée des visiteurs. Aussitôt, un robuste personnage à la face rubiconde et aux vastes épaules sortit du pavillon, et, considérant le nouveau venu d'un air soupçonneux :

— Que désirez-vous? demanda-t-il d'une voix brève.

— Sir, répondit le visiteur, je suis chargé de remettre en mains propres à mistress Isidora, un cadeau que lui adresse son beau-père, le milliardaire William Dorgan.

— C'est que, reprit le gardien avec méfiance, j'ai des ordres très rigoureux.

— Je suis muni d'une lettre de Mr W. Dorgan.

— Possible. En ce cas, vous allez entrer seul et je vais vous conduire à l'intendant général, M. Bombridge. C'est lui qui décidera si, oui ou non, je dois laisser votre fourgon franchir la grille.

— Soit ! fit l'inconnu sans impatience. Sur le vu de ma lettre, M. Bombridge me laissera certainement entrer.

L'inconnu descendit de cheval, franchit une petite grille latérale et suivit le gardien le long d'une allée sablée, bordée de gigantesques rhododendrons dans des caisses de cèdre. Tous deux arrivèrent bientôt en face d'un chalet de pitchpin aux élégantes balustrades, qu'ombrageaient des érables magnifiques. Une blonde jeune fille, qui se tenait au balcon du premier étage, se hâta d'aller au-devant des visiteurs.

— Bonjour, monsieur Bob Horwett, dit-elle au gardien.

— Bonjour, miss Régine. Je vous amène quelqu'un qui voudrait parler à votre père.

— Entrez donc. Il est précisément dans son cabinet.

L'ex-clown Bombridge, devenu intendant général de la propriété d'Harry Dorgan, n'avait rien perdu de sa bonne humeur. Il portait un complet de velours vert et un chapeau de feutre, surmonté d'une plume de canard sauvage, qui lui donnait une allure tout à fait distinguée. Il invita ses hôtes à se rafraîchir, prit connaissance de la lettre de William Dorgan, puis s'absenta pour aller téléphoner au « château ». Il revint bientôt en déclarant que le camion pouvait entrer, mais que les hommes de l'escorte devaient rester en dehors de la grille.

Les choses étant ainsi réglées, il accompagna lui-même Bob Horwett et le représentant de W. Dorgan, pour veiller en personne à l'ouverture et à la fermeture de la grande grille de la propriété, qui, on le voit, était gardée comme un château-fort.

Le camion, que conduisait Bob Horwett lui-même, s'engagea dans une longue avenue de frênes de Virginie, au bout de laquelle se trouvait une sorte de pont-levis jeté sur un bras du lac Ontario et qui donnait accès dans le parc proprement dit.

Le magnifique château d'Harry Dorgan — réduction exacte du fameux château de Chambord — se trouvait renfermé, ainsi que le vaste jardin qui l'entourait, dans une des îles de l'Ontario et n'était relié à la terre que par ce pont-levis.

L'ingénieur avait fait choix de cette propriété, non seulement à cause du pittoresque de sa situation, mais aussi dans le but de déjouer les tentatives des malfaiteurs, et, en particulier, des affiliés de la Main Rouge.

Le pont-levis franchi, on entra dans une autre avenue — de sycomores, celle-là — qui aboutissait à la cour d'honneur.

Pendant que Bob Horwett lui-même conduisait la voiture jusqu'en face du perron de marbre du château, M. Bombridge amena l'envoyé de W. Dorgan à une salle de verdure où se trouvait en ce moment M. Bondonnat, en compagnie de trois jeunes femmes, toutes trois admirablement belles, quoique d'une beauté différente.

— A qui ai-je l'honneur de parler? demanda courtoisement le vieux savant, en allant au-devant du visiteur.

Celui-ci, d'un geste rapide, avait fait disparaître ses lunettes et sa fausse barbe.

— Lord Burydan! s'écrièrent les trois jeunes femmes avec un même cri de surprise.

— Il n'en fait jamais d'autres! grommela l'ex-clown Horwett.

— Je vois avec plaisir, dit gaiement le vieux savant, que votre humeur fantaisiste n'a pas changé! Mais, maintenant, quoique vous soyez en pays de connaissance, permettez-moi de faire les présentations!

— Mistress Harry Dorgan, Mme Paganot et enfin Mme Frédérique Ravenel, née Bondonnat...

— Je vois, répliqua l'excentrique avec jovialité, que vous n'avez pas perdu de temps en mon absence.

« Tous mes compliments, mesdames. J'aurai, j'espère, le plaisir de voir vos époux?

— Non, répondit M. Bondonnat. Tous trois sont à New-York, d'où ils ne reviendront que dans deux ou trois jours. Ils ont emmené avec eux notre ami Oscar.

— Je ne sais, mylord, reprit Frédérique avec une moue, si nous devons vous adresser la parole... Nous vous en voulons beaucoup, toutes les trois...

— On ne lâche pas ainsi ses amis!... s'écria Andrée.

— Ne pas même être venu assister à notre mariage!... fit miss Isidora en s'efforçant de prendre une mine sévère.

— Mesdames, je vous fais mes excuses les plus humbles!... Ce n'est pas pour rien que l'on m'appelle « l'excentrique ». Il faut donc que mes amis aient assez d'indulgence pour fermer les yeux sur mes défauts et me prendre comme je suis!...

— Faut-il pardonner? demanda Frédérique en se tournant vers ses deux amies.

— Ma foi, oui. Mais qu'il n'y revienne plus! dit Andrée.

— Je ne puis pas lui en vouloir beaucoup, ajouta mistress Isidora, il m'apporte un cadeau.

— Et un cadeau magnifique!

— Mais comment se fait-il, demanda M. Bondonnat, que M. W. Dorgan vous ait chargé d'une pareille commission? Vous le connaissez donc?...

Lord Burydan mit un doigt sur ses lèvres.

— Oui, dit-il en souriant. Mais, silence, c'est un secret.

Le naturaliste n'insista pas.

— Voyons le cadeau! criaient à la fois les trois jeunes femmes.

Bob Horwett courut en toute hâte jusqu'au camion, et il revint, suivi de quatre domestiques, qui portaient à grand'peine, sur une civière, une volumineuse caisse carrée, extérieurement doublée de tôle.

Les domestiques, dont les curieuses jeunes femmes stimulaient le zèle, ouvrirent cette caisse, non sans peine. Elle en renfermait une seconde, en bois blanc léger, qui fut ouverte de même, et qui apparut remplie de bourre de coton, très serrée.

— Je me demande ce que cela peut bien être? dit Frédérique.

— Quelque vase, quelque bibelot précieux! répondit mistress Isidora; je sais que mon beau-frère Joë et mon beau-père sont des gens pleins de goût.

— Vous êtes donc réconciliée avec M. Joë Dorgan? demanda lord Burydan.

— Oui, cela valait mieux ainsi. Mon mari et lui se voient rarement, mais enfin ils ne sont plus ennemis jurés, comme autrefois.

Frédérique et Andrée avaient commencé d'enlever elles-mêmes à grandes poignées le coton, d'une blancheur éblouissante, qui remplissait la caisse. Bientôt quelque chose de brillant apparut.

— De l'or ! dit Andrée. Quelque bijou sans doute?

— C'est un buste de femme ! celui d'Isidora ! s'écria Frédérique qui, d'une main impatiente, avait achevé de vider la caisse. Il est en bronze doré. C'est magnifique.

— Il est plus magnifique encore que vous ne pensez, dit railleusement l'excentrique. Le buste de mistress Isidora est en or massif. C'est un vrai cadeau de milliardaire !

— Quelle folie ! murmura mistress Isidora, qui, en dépit de ses dénégations, devint rouge de plaisir.

Lord Burydan avait tiré le buste de sa caisse et l'avait posé sur la table de marbre qui se trouvait au centre de la salle de verdure. Le travail de l'artiste, — un illustre sculpteur français — était à la hauteur de la précieuse matière qu'il avait employée. Le buste, d'une grâce un peu languide, égalait les plus belles statues des artistes de la Renaissance. Jean Goujon ou Germain Pilon l'eussent trouvé digne de leur ciseau.

Les yeux avaient été traités à la mode de l'ancienne Rome, c'est-à-dire que les prunelles, au lieu de demeurer vides comme le sont en général celles des statues modernes, avaient été figurées par des pierres précieuses; deux superbes émeraudes, de la teinte exacte des yeux de mistress Isidora, fulguraient sous les paupières d'or et donnaient à l'image une vitalité intense, presque inquiétante.

Comme l'avait dit lord Burydan, c'était là un vrai cadeau de milliardaire. Un buste pareil devait coûter plus d'un demi-million.

Les trois jeunes femmes demeurèrent quelque temps muettes d'admiration. Les deux Françaises, loin d'être jalouses, embrassèrent et complimentèrent chaleureusement leur amie.

— Où allez-vous placer ce beau buste? demanda Frédérique.

— Il me semble, répondit mistress Isidora après un moment de réflexion, que sa place est tout indiquée dans le grand salon Renaissance.

— Celui du deuxième étage, au-dessus du laboratoire?

— Précisément.

— Surtout, dit en riant lord Burydan, mettez-le dans une pièce dont la porte soit solide ! Ce buste serait une proie magnifique pour ces messieurs de la Main Rouge.

Les trois jeunes femmes eurent un même rire, qui sonna clair dans le silence des bosquets.

— La Main Rouge, s'écria mistress Isidora, est-ce que cela existe encore? Après les condamnations en masse qui ont été prononcées ces temps derniers, après les centaines d'arrestations opérées sur tous les points de l'Union, la fameuse association peut être regardée comme anéantie.

— Allons, tant mieux ! fit l'excentrique. Je ne suis pas fâché de ce que vous m'apprenez ! On va donc pouvoir enfin dormir tranquille sur le territoire de la libre Amérique !

— D'ailleurs, reprit Frédérique, le salon Renaissance, où le buste va être placé, est muni de solides volets blindés, et la porte elle-même est revêtue de plaques de tôle de vingt millimètres d'épaisseur, précautions qui ont été prises, je crois, à cause des nombreux objets précieux que renferme déjà le salon.

Les jeunes femmes voulurent aller présider en personne à l'installation du buste dans le salon Renaissance. Pendant qu'elles s'y rendaient, lord Burydan et M. Bondonnat se promenèrent plus lents le long d'une pièce d'eau couverte de nymphéas et bordée de tulipiers en fleurs. Brusquement, leur physionomie, à tous les deux, était devenue soucieuse et ils firent une vingtaine de pas sans prononcer une parole.

— J'ai reçu vos lettres, dit enfin M. Bondonnat en baissant la voix, comme s'il eût craint d'être entendu. Avez-vous trouvé quelque chose de nouveau?

— Je crois être sur une bonne piste. Mais je n'ai encore aucun résultat précis. J'attends. Je ne veux agir qu'à coup sûr.

— Soyez prudent.

— Vous n'avez pas besoin de me faire cette recommandation. Je n'ai rien du, pour ne pas effrayer les dames, mais n'avez-vous pas remarqué, comme moi, que tous les membres de la Main Rouge qui ont été condamnés récemment sont des bandits subalternes? Les hommes, très intelligents, qui sont à la tête de l'Association, n'ont pas même été soupçonnés.

— Je suis certain, moi, répondit le vieux savant, que les lords de la Main Rouge sont non seulement des gens intelligents, mais encore de véritables savants. Je suis encore émerveillé de ce que j'ai vu dans le laboratoire souterrain de l'île des Pendus. Ces gens-là sont aussi forts que le docteur Carrel; je ne connais qu'un homme, en Amérique, qui soit arrivé à ce degré de science.

— Et c'est?...

— Le docteur Cornélius Kramm !

— C'est curieux, murmura lord Burydan d'un air préoccupé, nous avons eu la même pensée. Vous savez, d'ailleurs, — je l'ai appris tout récemment, — que c'est Fritz, le frère de Cornélius, qui est, en réalité, le propriétaire de l'île des Pendus. Voilà qui me semble très suspect.

— N'allons pas si vite. Fritz Kramm a, paraît-il, parfaitement établi son innocence. Il y avait de longues années qu'il n'était venu à l'île des Pendus.

— Après tout, c'est possible. Mais ce que je m'explique moins, c'est que l'enquête que l'on a dû faire, sur l'existence du musée souterrain dont vous aviez indiqué l'emplacement, n'ait amené aucun résultat.

— J'ai cependant fourni les indications nécessaires, répondit M. Bondonnat; mais il paraît que l'officier de marine chargé de l'enquête n'a trouvé, à l'endroit que j'avais désigné, qu'un ravin déchiré par une explosion de dynamite; une main mystérieuse était venue détruire le souterrain.

— Les lords de la Main Rouge sont très forts, il n'y a pas à dire.

— Pour en revenir à Cornélius et à Fritz Kramm, je sais, d'après le récit de Lorenza, la guérisseuse de perles, que ce sont des gens capables de tout. Ils se sont rendus coupables de vols et de chantages (1).

— Sans doute, répliqua lord Burydan. Mais il ne manque pas de gens peu scrupuleux, qui ne sont pas pour cela, lords de la Main Rouge. Pour porter une pareille accusation, il faut avoir des preuves réelles.

Le savant réfléchit quelques minutes.

— Voici encore, fit-il à tout hasard, un indice qui peut-être vous servira. Dernièrement, le docteur Cornélius, dont j'admire d'ailleurs très sincèrement l'immense savoir, est venu nous rendre visite, en compagnie de son frère. M. Joë Dorgan était là. A un moment donné, ils se sont trouvés tous trois placés l'un près de l'autre. Eh bien, savez-vous l'étrange impression que j'ai eue? C'est que je me trouvais en présence de ces trois hommes masqués qui commandaient en maîtres à l'île des Pendus et qui sont tant de fois venus me dicter leurs ordres, dans ma prison. J'aurais juré que c'était la même taille, la même corpulence, la même voix. Seulement je sais combien il faut se défier de ces impressions-là !

— Oui, répondit lord Burydan. Evidemment tout cela ne constitue pas des preuves... pas plus, d'ailleurs, que les aboiements de Pistolet, qui paraît avoir, contre les trois personnages dont nous parlons, une véritable haine. Je ne veux pas me laisser entraîner par le désir de deviner la vérité, et je sais parfaitement que toutes les personnes après lesquelles aboie Pistolet ne font pas partie de la Main Rouge.

— Vous croirez ce que vous voudrez, mon instinct me dit que ces gens-là sont suspects. Ainsi, Joë Dorgan, je suis sûr de l'avoir vu quelque part... Mais laissons cela pour le moment... De votre côté, n'avez-vous rien découvert?

— Rien qui vaille la peine d'être mentionné, mais je ne demeure pas inactif une seule minute, et je suis, il faut le dire, admirablement secondé par mon ami Agénor. C'est ainsi que, depuis un mois, sous un déguisement, je suis entré au service de William Dorgan, afin de pouvoir mieux surveiller les faits et gestes de son fils Joë. J'avoue que jusqu'ici je n'ai rien découvert. Joë Dorgan est très travailleur, très ambitieux. Il s'occupe activement du trust des cotons et maïs, qui appartient à son père. Mais précisément, ce serait là une raison

(1) Voir Le Cottage hanté, n° 24 de la collection des « Romans pour tous ».

pour qu'il ne soit pas affilié à la Main Rouge.

— Il est intimement lié avec Fritz et Cornélius?

— Sans doute. Mais qu'y a-t-il d'extraordinaire à cela? Les deux frères possèdent des parts importantes dans le trust.

— Ma foi, vous avez raison. Et je ne sais, après tout, si j'ai le droit de dire tant de mal de Cornélius, qui, à San-Francisco, a fait preuve envers ma fille du plus grand dévouement. C'est lui qui l'a arrachée à une syncope qui eût pu devenir mortelle.

— Tout cela est bizarre. Enfin, restons-en là. D'ici peu, j'espère avoir du nouveau. Il est bien entendu, d'ailleurs, que cette conversation doit demeurer entre nous. Il serait parfaitement cruel de troubler le bonheur de ces trois jeunes ménages par toutes ces sombres histoires. Ils se croient débarrassés de la Main Rouge; laissons-les jusqu'à nouvel ordre dans cette croyance.

— Quand vous verrai-je?

— Je n'en sais rien. Mais il se peut que d'ici quelques jours vous receviez une lettre de moi. Si les recommandations que je vous ferai avaient une importance spéciale, je mettrai un X au-dessous de ma signature. Ce signe voudra dire qu'il faut faire exactement ce que je vous recommanderai dans ma lettre, si étrange que cela vous paraisse.

— C'est entendu.

— Maintenant, plus un mot de la Main Rouge. Allons rejoindre ces dames, qui vont certainement vouloir nous montrer comment elles ont disposé le buste aux yeux d'émeraude.

Tous deux se rendirent au salon Renaissance et admirèrent de nouveau le cadeau princier de William Dorgan. Il avait été posé sur une élégante selle et dans un éclairage très favorable. Mistress Isidora annonça que, le jour du retour de son mari, elle cacherait le buste derrière un rideau, afin de lui donner tout le plaisir de la surprise.

En présence de lord Burydan elle fit une sorte de répétition de cette scène, et l'on déclara à l'unanimité que l'ingénieur Harry Dorgan était décidément le plus heureux des époux.

Cependant l'heure s'avançait. Lord Burydan, malgré les instances qu'on fit pour le retenir, prit congé de ses amis, après s'être affublé de la fausse barbe et des lunettes dont se composait son déguisement.

CHAPITRE III

LE BUSTE AUX YEUX D'ÉMERAUDE.

Andrée et Frédérique, assises sur une des terrasses du château, regardaient le soleil disparaître à l'horizon du lac Ontario, semé de centaines d'îles verdoyantes. Des nuages aux plis majestueux se teignaient des riches couleurs de la pourpre violette, de l'écarlate sombre et de l'orangé. C'était un spectacle féerique.

— Quel beau soir ! murmura Andrée avec émotion. Quel calme ! quelle douceur dans l'air ! Il y a longtemps que je n'avais été aussi heureuse !

Frédérique ne répondit que par un soupir à demi étouffé.

— Tu as l'air triste ? dit Andrée en prenant affectueusement ses mains entre les siennes.

— Je t'assure que non.

— Voyons, Frédérique, tu me caches quelque chose. Crois-tu donc que je ne me sois pas aperçue de ta pâleur et de ta tristesse depuis quelques jours ?

— Eh bien ! oui, c'est vrai. Je ne suis pas heureuse, murmura la jeune femme avec effort.

— Mais c'est impossible ! répliqua Andrée. Que te manque-t-il donc ? Tu es riche, entourée d'amis dévoués, adorée de ton mari, et nous allons bientôt revenir en France, où de nouveaux bonheurs t'attendent.

— Mon mari ne m'aime pas ! murmura Frédérique avec une poignante tristesse. J'en suis sûre.

— Ah çà ! mais, quelles idées te fais-tu donc ? Roger est aux petits soins pour toi ; il ne pense qu'à toi, ne parle que de toi.

— Oh ! reprit Frédérique qui retenait à grand'peine ses larmes, Roger est certainement d'une courtoisie parfaite à mon égard. Il déploie envers moi une sollicitude qui descend aux moindres détails ; il ne me donne aucun prétexte pour lui adresser un seul reproche, et cependant...

Frédérique paraissait hésiter.

— Allons, Frédérique, dit Andrée, ne t'arrête pas à mi-chemin. Tu sais que tu peux avoir toute confiance en moi.

— Je vais tout te dire ! Roger ne m'aime pas comme je voudrais qu'il m'aimât ! Il pense beaucoup plus à ses travaux qu'à moi. Mais cela ne serait rien... Je sais qu'un savant ne peut pas demeurer oisif, et que, si je veux plus tard être fière de lui, il faut qu'il travaille ! Ce n'est pas tout !... Si je te disais, ma chère Andrée, que, depuis plusieurs nuits, il se lève, quitte sa chambre sans faire de bruit et ne revient qu'après une absence de deux ou trois heures... J'ai une rivale, j'en suis sûre !... Oh ! si je croyais cela !...

— Tu m'étonnes ! Mais tu dois te tromper.

— J'ai cru longtemps que je me rendais moi-même malheureuse par une jalousie sans cause, mais les faits sont là !... Pourquoi s'absente-t-il la nuit, comme il le fait ?

— Comment veux-tu que ton mari t'ait donné une rivale dans ce château qui est clos comme une forteresse et situé à dix milles de la ville ?

— Quand on est jalouse, on ne s'arrête pas à de pareils raisonnements. Je soupçonne tout le monde !

— Même Isidora, même moi ? demanda Andrée, piquée au vif.

Frédérique s'était jetée, en pleurant, dans les bras de son amie.

— Pardonne-moi, chère Andrée, balbutia-t-elle en sanglotant. Je n'ai voulu parler, bien entendu, ni de toi, ni d'Isidora...

— Alors serais-tu jalouse par hasard de cette petite Océanienne que ton père a ramenée ?

— Oh ! non ! par exemple, s'écria Frédérique dont les yeux jetèrent un éclair d'orgueil. J'espère, malgré tout, que mon mari me préférerait à cette peau cuivrée !

— Tu vois bien que tes soupçons sont absolument déraisonnables. Roger ne sort sans doute que pour aller prendre le frais sous les beaux ombrages du parc.

Frédérique réfléchissait.

— Un moment, reprit-elle, j'ai bien pensé à cette Dorypha, à cette danseuse endiablée que je déteste de tout cœur, quoiqu'elle nous ait sauvés, cette drôlesse qui a eu l'impudence d'embrasser Roger malgré lui...

— Réfléchis un instant. Tu sais bien que Dorypha, après avoir épousé son amant, le Belge Gilkin, s'en est allée très loin d'ici, dans l'Arizona, où Fred Jorgell a confié à son mari la direction d'une exploitation importante !

— C'est vrai. Tu as raison. Mais qui me dit que Roger ne me trompe pas avec quelque femme de chambre, ou avec quelque fille qui s'est éprise de lui et vient le visiter secrètement...

— Mais tu es folle ! absolument folle ! Veux-tu que je parle à Roger ?

— Garde-t'en bien ! Je mourrais de confusion, s'il savait que j'ai de pareilles idées.

Cette conversation fut interrompue par le tintement de la cloche qui annonçait l'heure du dîner.

Frédérique passa en hâte dans son cabinet de toilette, pour effacer la trace de ses pleurs, et les deux jeunes femmes descendirent à la salle à manger.

Le repas fut, comme à l'ordinaire, plein d'animation. Frédérique seule, malgré tous ses efforts, ne prit aucune part à la gaîté générale. Toutefois, dans le tumulte des causeries et des discussions, sa mélancolie ne fut remarquée de personne, sauf de son amie Andrée.

Après le repas, les trois jeunes femmes se rendirent dans la serre, qui était contiguë à la salle à manger, et, chaque soir, tout en prenant le thé, elles avaient l'habitude d'écouter la lecture de certains journaux, que leur faisait la gouvernante écossaise, mistress Mac Barlott. Pendant ce temps, M. Bondonnat et ses amis étaient allés faire une promenade sur les rives du lac, d'où l'on pouvait contempler un clair de lune admirable ; ce ne fut qu'assez tard dans la soirée que Roger Ravenel regagna la chambre qu'il occupait et qui n'était séparée de celle de Frédérique que par une porte de communication.

Roger frappa doucement et, ne recevant pas de réponse, entra dans la chambre de sa femme. Il y régnait une obscurité à peine tempérée par la lueur d'une veilleuse électrique suspendue à la voûte de la pièce, creusée en forme de dôme.

Il s'approcha du grand lit à colonnes, et

aperçut Frédérique, immobile et les yeux clos, déjà couchée.

— Elle dort, murmura-t-il. Je ne vais pas la réveiller.

Et, s'avançant sur la pointe du pied, il effleura d'un baiser le front de la jeune femme, et se retira.

Frédérique ne dormait pas. Sitôt qu'elle eut entendu la porte de communication se refermer, elle sauta à bas de son lit, enfila à la hâte un peignoir, jeta sur ses épaules une mantille de dentelle; puis, les pieds nus dans ses pantoufles, elle s'approcha de la porte de communication et colla son oreille au trou de la serrure.

Roger allait et venait dans sa chambre. Frédérique l'entendit ouvrir et refermer des tiroirs, puis il sortit.

— Cette fois, murmura la jeune femme, frissonnante d'angoisse, je vais savoir !... Il faut que je sache !

Silencieusement, elle se faufila dans le couloir sur lequel s'ouvrait la porte des deux chambres. Dans la pénombre lunaire, elle distingua la silhouette de Roger, qui, déjà parvenu au palier de l'escalier, commençait à descendre. Elle le suivit, mais en prenant les plus grandes précautions pour n'être pas aperçue.

Roger sortit par une petite porte qui donnait sur le parc, du côté opposé à la façade de la cour d'honneur. Frédérique se dissimulait derrière les massifs de plantes rares et ne le perdait pas de vue.

— Peut-être, après tout, pensait-elle, veut-il simplement, comme l'a dit Andrée, aller prendre le frais sous les arbres. Quel bonheur, si j'étais sûre qu'il ne me trompe pas !

Mais, à ce moment, elle distingua dans le taillis une forme féminine, qui semblait venir du côté du pont-levis et se diriger vers le château. L'inconnue avançait avec hésitation, se cachant derrière le tronc des arbres et se retournant fréquemment pour voir si elle n'était pas suivie.

Frédérique eut le cœur serré d'une mortelle angoisse.

— Mes pressentiments ne m'avaient pas trompée, se dit-elle. Roger me trahit ! Il aura beau mentir maintenant, je l'ai vue, de mes propres yeux vue, l'odieuse rivale qui m'a volé le cœur de mon mari !...

Éperdue, elle s'était avancée en pleine lumière; elle n'eut que le temps de se jeter derrière un massif d'hortensias, pour n'être pas surprise par l'inconnue qui passa devant elle, à quelques pas de sa cachette.

Frédérique ne put voir son visage, qui était dissimulé sous un épais nuchu de dentelle. Elle ressentit au cœur une douleur aiguë. Ses jambes fléchissaient sous elle. Elle crut qu'elle allait s'évanouir. Mais la haine la remit sur pied, et elle continua son chemin.

Elle chercha alors des yeux sa rivale. Celle-ci avait disparu ! Frédérique ne vit plus que Roger, qui, après avoir côtoyé dans toute sa longueur la façade du château, était arrivé à l'aile la plus éloignée de la chambre qu'il habitait et cherchait une clé dans sa poche.

— Je vais le suivre, pensa-t-elle. Cette femme va le rejoindre, c'est certain. Je les surprendrai !

Frédérique, après avoir attendu une minute, poussa doucement la porte que Roger avait laissé ouverte, et monta derrière lui l'escalier qui conduisait au premier étage.

Roger longea quelque temps un corridor et s'arrêta devant une porte qui était celle du laboratoire que Fred Jorgell avait mis à sa disposition, car, depuis leur arrivée au château, ni l'ingénieur Paganot, ni le naturaliste n'avaient interrompu leurs travaux.

Comme il mettait la clé dans la serrure, le petit bossu Oscar Tourneosl arrivait par l'extrémité opposée du couloir. Il était entré par l'autre façade du bâtiment.

— Je crois, dit-il en riant, que voilà ce qui s'appelle de l'exactitude !

— Oui, répondit le naturaliste, c'est parfait !

Tout en parlant, il avait ouvert la porte. Tous deux entrèrent dans une première pièce où couchait ordinairement le cosaque Rapopoff, promu aux fonctions de garçon de laboratoire.

Oscar tourna le commutateur. Soudain il jeta un cri d'épouvante en apercevant le cosaque, étendu sur son lit tout habillé, la tête pendante et la face décomposée. À côté de lui se trouvait une bouteille vide.

— Ils l'ont tué ! s'écria le bossu avec émotion.

— Non, dit l'ingénieur. Je crois, moi, qu'il est tout simplement ivre.

— Ce n'est pas là l'ivresse ordinaire, s'écria l'adolescent qui avait pris Rapopoff à bras le corps, l'avait redressé et avait glissé sous ses épaules un oreiller.

Le naturaliste prit sur une planche un flacon d'ammoniaque et l'approcha des narines du cosaque. Mais ce révulsif, ordinairement souverain dans les cas d'ébriété, ne produisit aucun effet.

— On a dû lui faire absorber un narcotique, dit Roger Ravenel; il y a heureusement dans le laboratoire de quoi le soigner énergiquement.

Roger Ravenel, plus inquiet qu'il ne voulait le paraître, ouvrit la porte de la seconde pièce et, montant sur un escabeau, alla prendre en devoir d'atteindre des flacons qui se trouvaient sur une planche.

Tout à coup, un cri de stupeur jaillit de ses lèvres. Il venait d'apercevoir, au-dessous de la porte qui donnait accès à la troisième pièce, un imperceptible rais de lumière. Sans nul doute des malfaiteurs étaient là ! les mêmes, certainement, qui avaient fait absorber à Rapopoff un narcotique.

Roger demeura hésitant pendant quelques minutes.

— Je ne vois pas, songeait-il, ce qu'on peut bien trouver à voler dans ce laboratoire, où il n'y a pas un seul objet qui ait quelque valeur.

Soudain, une idée traversa son esprit avec la rapidité de l'éclair.

— Le buste aux yeux d'émeraude ! s'écria-t-il. Ce ne peut être que cela. Le salon Renaissance est juste au-dessus du laboratoire !

Sans réfléchir au danger qu'il courait, il ouvrit brusquement la porte.

Trois hommes, au visage couvert d'un masque, étaient là. L'un d'eux était encore monté sur l'échafaudage improvisé grâce auquel ils venaient de percer le plafond. Il tenait entre ses bras le buste d'or, rutilant de clarté à la lueur de la lampe électrique du plafond, et se préparait à le passer à un de ses complices.

Roger demeura une seconde immobile et comme figé de surprise. Avant qu'il ait eu le temps de prendre une décision, les trois malandrins s'étaient rués sur la porte et l'avaient refermée.

Le bossu était accouru. Roger le mit en deux mots au courant de la situation.

— Tu vas aller chercher du renfort, lui dit-il, et, pendant ce temps, je les empêcherai de prendre la fuite.

— Mais s'ils vous attaquent?

— Je ne cours aucun risque. Je vais me contenter de fermer à clé la porte extérieure, — celle qui ferme sur le corridor. — Avant qu'ils aient eu le temps de l'enfoncer, tu seras de retour avec quelques solides gaillards...

A ce moment, le rais de lumière disparut et, en même temps, la porte s'ouvrait. D'une poussée irrésistible, les trois malfaiteurs, culbutant Roger Ravenel et son compagnon, traversaient les deux pièces d'un bond et gagnaient le corridor.

— Il n'y a que demi-mal, fit le bossu en se relevant, ils n'ont pas emporté le buste. Notre arrivée les a surpris, et ils n'ont songé qu'à prendre la fuite.

— Oui, mais il faut leur donner la chasse, sans perdre une minute. J'ai heureusement sur moi mon revolver. Viens avec moi!

Tous deux s'élancèrent dans le couloir et y arrivèrent juste à temps pour voir les trois bandits se précipiter, tête baissée, dans l'escalier. Roger et Oscar constatèrent une seconde fois, avec satisfaction, que les malandrins n'emportaient aucune espèce d'objet.

Roger tira sur eux, au jugé, un coup de revolver.

Un cri déchirant, un cri de femme apeurée, répondit au bruit de la détonation.

Roger s'élança et ne put que recevoir dans ses bras Frédérique évanouie.

— Morte! s'écria-t-il, elle est morte!... et c'est moi qui l'ai tuée!...

Fou de douleur, il souleva le corps de la jeune femme et courut au laboratoire, où il la déposa dans un fauteuil.

— Mon adorée Frédérique, balbutiait-il, mais ce n'est pas possible! Tu n'es pas morte? Réponds-moi!... Et toi, Oscar, que fais-tu là? Aide-moi donc! Vite, de l'eau froide, des sels!

En proie à un véritable délire, il couvrait de baisers les mains et le visage de la jeune femme.

Au bout de quelques instants, elle ouvrit les yeux, et, jetant sur son mari et sur Oscar des regards stupéfaits, elle murmura d'une voix faible :

— Oh! cette femme!... Les bandits!...

— Où es-tu blessée, ma chérie? demanda Roger, agenouillé aux pieds de Frédérique.

— Je ne suis pas blessée, mais j'ai eu si peur! La balle a sifflé à mon oreille...

— Mais que faisais-tu là?

Frédérique rougit et baissa la tête. Puis, jetant à son mari un regard chargé de rancune :

— Je sais tout!... Je t'ai suivi!... Je l'ai vue, cette misérable femme!...

— Quelle femme?

— Celle avec qui tu me trompes! celle que tu vas rejoindre tous les soirs! Je n'ai pu apercevoir ses traits, mais je saurai bien la trouver, et je me vengerai!...

Frédérique s'était mise à fondre en larmes.

— Mais c'est à devenir fou! s'écria Roger. Frédérique, ma chérie, je te jure que je ne t'ai jamais trompée! que je n'ai jamais eu de rendez-vous avec aucune femme!

— Mais, alors, pourquoi t'échappes-tu toutes les nuits de ta chambre?

Roger et Oscar se regardèrent.

— Me voilà obligé d'avouer mon secret, dit le bossu. Comme vous le savez, madame, je dois épouser prochainement miss Régine Bombridge. Elle a eu la générosité d'y consentir, malgré la disgrâce dont je suis affligé... Je voulais lui faire une surprise.

— Quelle surprise? demanda Frédérique d'un air soupçonneux.

— Depuis quelques années déjà, la science a trouvé le moyen de guérir l'infirmité dont je suis atteint. M. Ravenel a eu la bonté de consentir à m'appliquer le traitement qui doit me débarrasser de ma difformité.

— Et c'est pour cela, demanda Frédérique un peu calmée, que Roger me quitte tous les soirs?

— Mais oui, répondit le naturaliste. Ce pauvre Oscar m'avait demandé le secret; il voulait faire à sa fiancée la surprise de se présenter un beau matin devant elle, allégé de sa bosse et droit comme le commun des hommes.

Frédérique était à demi convaincue. Elle hésitait pourtant encore. Ses regards méfiants allaient de Roger à Oscar, épiant le clin d'œil qui lui eût fait deviner entre eux la complicité d'un mensonge. Mais Oscar et Roger étaient de très bonne foi; ils n'avaient dit que la vérité.

— Alors, cette femme? demanda Frédérique avec insistance, pourquoi l'ai-je aperçue précisément à l'heure où tu te trouvais dans cet endroit du parc?

Roger Ravenel eut un mouvement d'impatience.

— Que veux-tu que je te dise? s'écria-t-il. Je ne la connais pas, moi, cette femme. Je n'en sais pas plus long que toi sur son compte... Quelle explication veux-tu que je te donne?

— Il y en a bien une, fit Oscar. Je suis sûr, moi, que cette femme était avec les cambrioleurs. Elle faisait le guet, pendant que ses complices étaient en train d'enlever le buste.

— On a volé le buste? demanda avec effarement Frédérique, à qui cette nouvelle faisait momentanément oublier sa jalousie.

— Non, on ne l'a pas volé, répondit le naturaliste, mais nous sommes arrivés à temps...

— Tant mieux! s'écria la jeune femme. Luidora aurait été vraiment navrée. Alors vous l'avez repris? Où était-il?

— Nous l'avons repris, murmura l'ingénieur, c'est-à-dire que nous avons mis les cambrioleurs en fuite et qu'ils sont partis sans rien emporter. Pourvu qu'ils n'aient pas arraché les émeraudes!

— Je n'avais pas pensé à cela... Cherchons le buste... Ils ont dû le laisser dans quelque coin.

Roger ouvrit la porte de la troisième pièce, qu'il inspecta d'un coup d'œil rapide.

— Je ne vois pas le buste, fit-il avec un peu d'étonnement.

— Eh bien, tant pis! s'écria Frédérique dont ' 'te la jalousie s'était réveillée, tu retrouve...s toujours bien le buste puisqu'il est là. Ce n'est pas lui qui m'intéresse, c'est cette femme. Vous devriez déjà tous les deux être à la poursuite des bandits. Qu'attendez-vous pour leur donner la chasse? Ils ne peuvent être loin, puisque le pont-levis à cette heure-ci n'est jamais abaissé.

— Soit! répondit docilement le naturaliste, nous allons nous mettre à la poursuite des cambrioleurs. Mais, auparavant, je veux te savoir en sûreté dans ta chambre.

— Pas du tout. Je vous accompagne. Je ne veux pas que cette prétendue cambrioleuse s'échappe à l'aide de quelque subterfuge. Je veux connaître la vérité, et je la connaîtrai!

Roger comprit qu'il n'y avait rien à faire contre une pareille obstination.

— Eh bien, viens avec nous, fit-il. Mais c'est insensé! Tu serais beaucoup mieux dans ton lit. Tu t'exposes, comme tout à l'heure, à recevoir quelque balle perdue.

— Cela m'est égal! Marchons!

Tous trois se préparaient à sortir du laboratoire lorsqu'ils entendirent une sorte de beuglement bizarre qui, pendant quelques minutes, les cloua d'étonnement sur place.

— Qu'est-ce que c'est que cela? demanda Frédérique en prenant d'un geste instinctif le bras de son mari.

— Rassurez-vous, madame, répondit le bossu qui venait d'entrer dans la première pièce: c'est simplement notre ami Rapopoff qui bâille.

Ils aperçurent, en effet, le cosaque, qui, tout effaré de se réveiller dans si nombreuse compagnie, roulait de gros yeux hébétés et se détirait en ouvrant une énorme mâchoire. Il finit par se cacher sous la couverture, tout honteux sans doute d'être surpris par une dame dans un état si peu présentable.

— Toi, mon bonhomme, lui dit Roger, qui au fond était exaspéré, tu auras affaire à moi! Nous réglerons nos comptes demain matin. Tout ce qui arrive, c'est de ta faute. Si tu n'avais pas bu le contenu de cette bouteille... mais suffit...

Le cosaque ne répondit pas. Tapi sous ses couvertures, il laissait passer l'orage.

— Quelle brute! s'écria le naturaliste.

Puis, se tournant vers Oscar:

— Cours vite, lui dit-il, éveiller tous les domestiques. Dis au premier que tu rencontreras d'avertir également Harry Dorgan et Paganot.

Puisque Frédérique l'exige, nous allons faire une battue en règle.

Le bossu partit en courant, pendant que Roger refermait soigneusement à double tour la porte extérieure du laboratoire.

Cinq minutes ne s'étaient pas écoulées que, déjà, la domesticité du château s'éveillait. On voyait des lumières aller et venir à toutes les ailes du corps de logis.

Harry Dorgan, l'ingénieur Paganot et M. Bondonnat lui-même, arrachés à leur sommeil, arrivaient dans le costume sommaire qu'ils avaient revêtu à la hâte.

En quelques mots, Roger Ravenel mit ses amis au courant, et tout aussitôt la battue s'organisa. Une troupe de domestiques commença à explorer les rives du lac, pendant qu'une autre se dirigeait vers le pont-levis.

On s'était muni de phares d'automobiles, pour fouiller les buissons les plus épais, et une dizaine de chiens, parmi lesquels se trouvait Pistolet, avaient été lancés sur la trace des malfaiteurs.

Frédérique et Roger suivaient cette meute d'aussi près que possible. Pistolet, qui avait pris les devants, revint bientôt sur ses pas, en aboyant d'un air plaintif qui éveilla l'attention de la jeune femme.

— Pistolet a découvert quelque chose, fit-elle. Il faut voir ce que c'est.

Le chien les conduisit au milieu d'un fourré inextricable, dans le centre duquel apparaissait un objet blanc dont Roger ne put tout d'abord préciser la nature.

Frédérique eut vite fait de deviner.

— La femme! s'écria-t-elle, c'est la femme! Je reconnais la couleur de sa robe et de son fichu! Cette fois, je la tiens!... Elle ne m'échappera pas!

Quittant brusquement le bras de son mari, elle s'était élancée en courant de toute la vitesse de ses jambes. On eût dit que la haine lui mettait des ailes aux talons.

Arrivée en face du buisson, elle demeura stupéfaite et décontenancée. Elle se trouvait en présence d'une femme au visage ensanglanté, et cette femme était Régine Bombridge, l'exécuyère du Gorill-Club, la fiancée d'Oscar Tournesol.

La jeune fille n'était pas évanouie. Elle poussait de faibles gémissements; et, avec l'aide de Roger et de Frédérique elle-même, qui ne savait que penser, elle se releva et put aller s'asseoir sur un banc rustique qui se trouvait à peu de distance de là, au pied d'un eucalyptus. Roger lui fit avaler une gorgée de whisky, lava la blessure qu'elle portait au front et qui, heureusement, n'offrait pas de gravité.

Frédérique avait aidé son mari, attendant avec impatience que la blessée fût assez remise pour parler.

— J'espère, miss, lui dit-elle enfin, d'un ton presque menaçant, que vous allez nous expliquer comment vous vous trouvez ici, à courir les bois, à pareille heure, quand vous devriez dormir paisiblement dans le chalet de votre père.

Miss Bombridge baissa la tête, toute confuse, et, après une longue minute d'hésitation, se décida à parler.

— Madame, dit-elle, avec un accent de noble sincérité qui ne permettait pas de mettre en doute ses paroles, je dois dans quelques semaines épouser Oscar Tournesol qui, sur ses vives instances, a obtenu d'occuper une chambre dans le chalet de mon père jusqu'à ce que nous soyons mariés.

— Je sais cela, répondit Frédérique toute frémissante d'impatience, allez droit au fait, mademoiselle !

— Je me suis aperçue que, depuis quelque temps, Oscar s'absentait régulièrement toutes les nuits. J'ai essayé de savoir où il allait ; il m'a répondu d'une façon évasive. Que vous dirai-je ? Je me suis figurée qu'il me trompait.

La jeune fille ajouta avec un réel chagrin :

— Mais, malheureusement, madame, je le crois encore. J'en ai la preuve.

— Que voulez-vous dire ?

— Ce soir, j'ai eu la malencontreuse idée de l'espionner, et je vous assure que j'en ai été bien punie. J'étais arrivée, en suivant Oscar, jusqu'à la petite porte de l'escalier du laboratoire, quand j'ai aperçu une femme, soigneusement voilée d'une mantille, qui marchait dans la même direction... Cette fois, je ne pouvais plus douter. J'en ai reçu un tel coup au cœur que je n'ai pas eu le courage d'aller plus loin. Je suis revenue sur mes pas, la mort dans l'âme. Je me préparais à retourner chez mon père quand trois hommes masqués se sont présentés brusquement devant moi. Avant que j'aie eu le temps de fuir, j'ai été frappée à la tête et je suis tombée. Les hommes ont continué leur chemin, croyant m'avoir tuée.

Frédérique demeurait pensive.

— Comment était la femme que vous avez aperçue ? demanda-t-elle.

— Je ne me rappelle pas exactement, répondit Régine recueillant ses souvenirs. Tenez, elle était à peu près de votre taille, la tête enveloppée d'une mantille comme vous.

— C'était moi !

— Vous, madame ?

— Oui, mon enfant. Moi aussi, je l'avoue, je me suis inquiétée des absences nocturnes de mon mari...

— Inutile de raconter tout cela, fit Roger avec impatience.

Frédérique se jeta au cou de son mari et le serra éperdument dans ses bras ; puis elle lui dit à l'oreille :

— Laisse-moi tout avouer. Oui, miss, reprit-elle, j'ai eu les mêmes soupçons que vous, et j'ai cru, moi aussi, en vous apercevant, être sûre de mon fait. Mais je puis, dès maintenant, vous apprendre toute la vérité. Si mon mari et Oscar se rencontrent depuis plusieurs soirs, c'est qu'ils vous préparent une surprise.

— Une surprise ? A moi ?

— Oui, miss ; seulement, permettez-moi de ne pas vous en dire davantage.

— D'ailleurs, fit Roger avec insistance, il est temps de rentrer. Il faut que vous pansiez votre blessure d'une façon plus sérieuse. Croyez-moi, Oscar n'a jamais eu l'intention de vous tromper, et d'ici peu de jours, vous connaîtrez son secret.

Pendant que cette scène se déroulait dans un coin solitaire du parc, les deux troupes qui concouraient à la battue avaient opéré leur jonction. On avait suivi la trace des cambrioleurs sur les bords du lac, jusqu'à un endroit où la terre était piétinée et les roseaux brisés. C'est de là que les cambrioleurs avaient dû remonter dans l'embarcation grâce à laquelle ils avaient pu pénétrer dans la propriété. On retrouva d'ailleurs, le lendemain, un grappin dont ils avaient coupé la corde afin de fuir plus vite.

Miss Bombridge regagna le chalet paternel, sous la sauvegarde de son fiancé. Frédérique remonta furtivement dans sa chambre, toute honteuse encore de ses injustes soupçons.

Les domestiques reçurent la permission d'aller légèrement se coucher ; et M. Bondonnat, qui, trop légèrement vêtu, avait attrapé un rhume en marchant dans l'herbe humide de rosée, déclara qu'il allait en faire autant.

Harry Dorgan demeura seul, en compagnie de Roger et de l'ingénieur Paganot.

— Puisque nous voilà réveillés, proposa ce dernier, si nous allions jusqu'au laboratoire constater les dégâts et voir si, comme j'en ai bien peur, nos cambrioleurs n'ont emporté les émeraudes ?

— Allons-y, dit Harry Dorgan. Je ne me sens pas la moindre envie de dormir.

Ils remontèrent donc jusqu'au laboratoire, dont ils traversèrent les deux premières pièces sans réveiller le cosaque, qui de nouveau s'était remis à dormir d'un profond sommeil.

La troisième pièce avait été bouleversée de fond en comble par les malfaiteurs, qui certainement devaient être des professionnels du cambriolage et possédaient une habileté peu ordinaire. Ils avaient commencé par fermer les épais volets de la fenêtre qui donnait sur la cour d'honneur, d'où l'on eût pu voir la lumière. Puis, avec deux tables et quelques chaises, ils avaient construit un véritable échafaudage, juste en dessous de l'endroit où se trouvait le buste. On retrouva les vilebrequins et les scies perfectionnées dont ils avaient fait usage pour percer le plafond.

— Ceux qui ont fait le coup, fit observer Harry Dorgan, sont des gens parfaitement renseignés. Ils n'ignoraient pas que la porte et les fenêtres du salon Renaissance sont blindées et à peu près incrochetables.

— Avec tout cela, je ne vois pas le buste, dit l'ingénieur Paganot qui, depuis son entrée dans la pièce, furetait à droite et à gauche.

— Je suis pourtant bien sûr, répliqua Roger, qu'ils ne l'ont pas emporté.

— Nous allons le retrouver, fit Harry Dorgan.

— Cherchons !

— Cherchons.

Tous trois explorèrent la pièce dans ses moindres recoins. Ils montèrent même, à l'aide du trou pratiqué dans la voûte, dans le salon Renaissance. Le buste demeura introuvable.

— Nous continuerons nos recherches demain, dit Harry Dorgan, un peu nerveux. Mais je crois qu'il est de la prudence la plus élémentaire de mettre deux hommes solides en faction devant la porte du laboratoire.

— Je le crois aussi, approuva Roger, car il ne faut guère compter sur le cosaque.

Tous trois se retirèrent. Et comme ils en étaient convenus, ils se retrouvèrent le lendemain, dès la première heure, pour continuer leurs investigations.

D'après le conseil de ses amis, Harry Dorgan avait donné des ordres pour que personne ne parlât à mistress Isidora de la tentative de vol. Tous avaient jugé qu'il serait temps de l'en informer seulement quand ils auraient retrouvé le buste. Ils savaient combien la jeune femme y tenait, et ils avaient jugé inopportun de l'inquiéter et de la chagriner, avant d'avoir une certitude.

Ils ne tardèrent pas à être fixés. Les investigations les plus minutieuses n'aboutirent pas; le buste aux prunelles d'émeraude avait disparu, comme s'il se fût évanoui en fumée.

Rapopoff, interrogé, ne put fournir aucun renseignement. Le cosaque avait trouvé, à côté de son lit, une bouteille étiquetée « whisky », et pensant que c'était un cadeau de ses maîtres, il en avait bu consciencieusement la moitié. L'analyse du liquide restant montra que le whisky était additionné d'un puissant narcotique. Si le cosaque eût vidé entièrement la bouteille, il en fût certainement mort, en dépit de la robustesse de sa constitution.

Les bandits avaient dépassé leur but. Le narcotique était à dose trop forte. Rapopoff s'était endormi dès les premières gorgées, ce qui l'avait sauvé, en l'empêchant de vider complètement la fiole.

Toute la journée s'écoula ainsi en recherches inutiles. Vers le soir, il fallut en prendre son parti et aller annoncer la triste nouvelle à mistress Isidora, qui s'en montra sincèrement contrariée.

— Pourtant, ne cessait de répéter Roger Ravenel, dont Oscar appuyait les dires, je suis sûr, parfaitement sûr que le buste n'est pas sorti du château, ni même du laboratoire !

CHAPITRE IV

L'AUGE DE LAVE

Le vol du buste aux yeux d'émeraude avait fortement émotionné mistress Isidora.

Elle se demandait si ce dernier méfait n'était pas encore dû aux bandits de la Main Rouge. En tout cas, elle était exaspérée.

Pour la première fois de sa vie, peut-être, elle eut une discussion avec son père.

— Comment ! lui dit-elle, vous êtes milliardaire, vous avez fait votre fortune vous-même et vous n'arrivez même pas, avec cette immense richesse que tout le monde vous envie, avec votre intelligence et votre énergie que l'on cite

en exemple, à garantir votre sécurité personnelle et celle de votre fille?

— J'avoue, répondit le milliardaire, que je ne m'en suis pas assez préoccupé. Mes amis, Rockefeller, Pierpont Morgan, Mackey, et d'autres encore, sont entourés de centaines de détectives et gardés à vue...

— Eh bien ! il faudrait faire comme eux ! répliqua la jeune femme un peu nerveusement.

— C'est bien. Je vais donner des ordres en conséquence. Mais je croyais suffisantes les précautions que j'avais prises, et aussi d'ailleurs, que la Main Rouge n'était plus à craindre.

— Que ce soient les bandits de la terrible association ou d'autres, il est indispensable que nous soyons mieux gardés et mieux défendus !

— Ne te mets pas en colère, ma chère enfant ! Aujourd'hui même, je vais faire venir cinq ou six canots à vapeur qui toute la nuit évolueront autour de la presqu'île. Du coup, j'espère que tu pourras dormir tranquille.

— Je ne parle pas seulement pour moi, mais pour toi-même et pour nos amis. J'aurais un remords éternel s'il arrivait malheur par notre faute à Frédérique, à Andrée ou à leurs époux...

« Mais ce n'est pas tout. Il va falloir maintenant avertir William Dorgan de ce qui s'est passé... Il sera peu charmé, j'en suis sûre, de voir quelle négligence nous avons mise à veiller sur le royal cadeau qu'il m'avait fait !

— Quant à cela, ne t'inquiète pas. J'ai déjà fait porter au Post-Office une longue lettre où je raconte à William Dorgan dans quelles circonstances s'est produit le vol. Il est trop intelligent pour nous rendre responsables d'un fait dont nous sommes les premières victimes.

« Puis il y a, dans le vol du buste, un côté mystérieux qui n'est pas encore éclairci. William Dorgan sera le premier à se passionner pour cette affaire.

Cette conversation avait lieu dans la soirée, le lendemain même du vol.

Trois jours après, une dépêche laconique annonçait l'arrivée du milliardaire.

Contrairement à ce que disait Isidora, William Dorgan ne manifesta aucune contrariété.

— Je vous donnerai un autre buste, ma chère enfant, dit-il à mistress Isidora; en admettant toutefois qu'il soit définitivement perdu... Ce qui n'est pas prouvé.

— Evidemment, dit mistress Isidora, si nous pouvons trouver quelques détectives habiles et sérieux...

— Il n'en manque pas, interrompit William Dorgan. Et, que diable, un lingot de ce poids, deux émeraudes qui sont connues de tous les joailliers de l'Amérique, ne disparaissent pas aussi facilement que cela.

— D'ailleurs, s'écria Fred Jorgell qui venait de serrer la main cordialement à son adversaire financier et s'était installé, à côté de lui, dans un rocking-chair, nous avons déjà pris des mesures efficaces.

« J'ai lancé une centaine de télégrammes. La police de toutes les grandes villes de l'Union est prévenue. Je ferai tout ce qu'il faudra pour retrouver le portrait d'Isidora.

J'y mets de l'amour-propre; dussé-je dépenser autant qu'il a coûté, il faut que les voleurs soient pincés !

— Eh bien, bonne chance, dit William Dorgan d'un ton parfaitement détaché. Mais nous reparlerons plus à loisir demain de cet accident, auquel je n'attache pas, moi, une énorme importance. Je suis venu ici, surtout pour avoir le plaisir de vous voir tous.

« Vos amis les Français ont décidément fait ma conquête, et j'ai une véritable admiration pour le génial M. Bondonnat, auquel il est arrivé des aventures si extraordinaires.

— Le voilà, lui-même, en personne, s'écria le vieux savant en apparaissant à la porte du salon. Mais pas tant de compliments sur mon compte, je vous prie... Je n'aurais jamais cru que les Américains fussent si complimenteurs.

M. Bondonnat et William Dorgan se serrèrent la main avec effusion, et la conversation s'engagea entre eux avec la plus franche cordialité.

L'ingénieur Paganot et Roger Ravenel, Frédérique et Andrée, qui avaient été prévenus de la présence du milliardaire, arrivèrent successivement.

William Dorgan voulut même connaître la petite Océanienne Hatouara, le cosaque Rapopoff, et surtout le petit bossu Oscar Tournesol, dont l'ingénieur Harry lui avait beaucoup parlé.

Le milliardaire se trouvait heureux au milieu de cette réunion familiale, à laquelle manquait, seul, Harry Dorgan, retenu à New-York pour s'occuper des intérêts de la Société des Paquebots-Éclair.

— Vous savez quel est mon projet? dit tout à coup le milliardaire. Ce n'est pas du tout à cause du vol du buste que je suis venu. La lettre de mon ami Fred Jorgell à ce sujet n'a fait que d'avancer la date du voyage.

« Je vous emmène tous dans une ravissante propriété que je viens d'acheter en Floride, où le climat est délicieux.

— Pourquoi donc, dit vivement Fred Jorgell, ne pas passer ici quelques jours avec nous? Ce serait bien plus simple.

— Je reviendrai, soyez tranquille. Je veux d'abord avoir le plaisir de vous avoir pour hôte...

Cette invitation fut en principe acceptée de tous, et la conversation devint générale.

Les deux milliardaires discutaient au sujet de leurs trust, mais d'une façon tout à fait amicale et courtoise.

— J'ai eu la première manche, dit W. Dorgan. Je vous ai battu dans le trust du maïs et des cotons; mais je crois que vous allez avoir une belle revanche.

— Il est certain, répondit Fred Jorgell avec un malicieux sourire, que si la Compagnie des Paquebots-Éclair continue à réussir comme elle l'a fait jusqu'ici, nous entrerons de nouveau en lutte.

— Parbleu ! Quand vous allez avoir accaparé tous les moyens de transport par eau, nous ne pourrons plus expédier nos maïs et nos cotons

que suivant les tarifs que vous voudrez bien fixer.

— Hé ! il vous reste les chemins de fer !

— Vous savez fort bien que les chemins de fer demandent un prix beaucoup trop élevé, quand il s'agit de matières encombrantes telles que le coton et le maïs.

— Soyez tranquille, nous nous arrangerons toujours. Il n'y aura plus entre nous de ces âpres batailles d'intérêts qui nous ont si longtemps séparés.

— Je suis heureux de vous voir aussi bien disposé, et nous sommes prêts à vous accorder des prix très rémunérateurs.

« Vous n'ignorez pas, en outre, que, dans le duel financier qui a failli nous brouiller à mort, je subissais surtout l'influence de mon fils Joë. Mais il est devenu beaucoup plus raisonnable, il s'est réconcilié avec son frère, et il a fini par comprendre, lui aussi, que la bonne entente et les affections familiales valent beaucoup plus que quelques millions de dollars.

— Cependant, objecta Fred Jorgell, vous avez maintenant des associés qui ne se montreront peut-être pas si accommodants. Je veux parler du docteur Cornélius Kramm et de son frère, le marchand de tableaux.

— Je vous assure que ce sont, eux aussi, des gens charmants. Ils ne feront que ce que je dirai.

« Leur part, d'ailleurs, n'est pas très considérable, et les sommes qu'ils ont avancées ou fait avancer au trust ont été déjà à moitié remboursées.

La conversation en était là, lorsque le petit bossu, qui s'était absenté quelques instants, rentra dans le salon et, s'approchant de M. Bondonnat, lui dit quelques mots à l'oreille.

Le vieux savant fit à l'adolescent un signe affirmatif, et tous deux, sans être remarqués, passèrent sur un vaste balcon orné de vases de marbre et d'arbustes, qui faisait au salon comme une annexe verdoyante.

— Tu as reçu une lettre de lord Burydan? demanda le vieillard.

— Oui, cher maître. La voici.

M. Bondonnat prit connaissance de la missive et sa physionomie, à mesure qu'il lisait, exprimait une certaine surprise.

— Voilà qui est curieux, fit-il. Je n'aurais pas pensé à cela. Si lord Burydan ne s'est pas trompé, les filous américains sont décidément beaucoup plus forts que nos escarpes nationaux.

— Je n'ai pas bien compris ce que veut dire lord Burydan quand il parle de moyens chimiques.

— Je vais te l'expliquer. Allons d'abord au laboratoire.

Ils se dirigèrent vers l'aile du château, qui plusieurs jours auparavant avait été le théâtre du vol.

Chemin faisant, le bossu demanda à M. Bondonnat pourquoi l'excentrique ne lui avait pas écrit directement et s'était servi de son intermédiaire à lui, Oscar.

— Je me l'explique parfaitement, répondit le vieillard. Lord Burydan, que les événements de ces temps derniers ont rendu très méfiant, a peut-être craint que ma correspondance ne fût interceptée. Il a supposé que la tienne serait moins surveillée.

« Lord Burydan nous demande si l'on est venu, ces jours derniers, livrer des produits chimiques et emporter la verrerie inutile. Il paraît attacher à ce fait une grande importance.

— Nous allons le savoir à l'instant même.

Ils étaient arrivés au laboratoire. Ils y furent accueillis par Rapopoff, qui, par habitude, leur fit le salut militaire.

— Bonjour, mon brave, lui dit M. Bondonnat. Veux-tu me dire quel jour on est venu apporter des produits?

— C'était hier, petit père, répondit le cosaque. Et, même, les deux hommes qui sont venus étaient très complaisants, très généreux. Ils m'ont donné une pièce de vingt cents pour leur aider à descendre en bas deux bonbonnes.

— Étaient-elles pleines ou vides, ces bonbonnes? demanda vivement le naturaliste.

— Pleines, et même très lourdes, petit père, répondit le cosaque.

— C'est cela même ! murmura M. Bondonnat à l'oreille d'Oscar. Je commence à croire que lord Burydan ne s'est pas trompé... Mais, voyons, Rapopoff, de quoi étaient-elles pleines ?

— Je ne sais pas.

M. Bondonnat et Oscar pénétrèrent dans la troisième pièce et, du premier coup d'œil, le savant s'aperçut qu'une grande auge de lave (1) qui se trouvait dans un coin et qui servait à rincer la verrerie était entièrement vide.

— C'est toi qui as vidé cette auge? demanda-t-il au cosaque.

— Non, petit père.

M. Bondonnat ne répondit pas. Il s'était penché sur le bord de l'auge, où il restait encore un peu de liquide.

Il en puisa quelques gouttes à l'aide d'une spatule, puis il prit des flacons de réactif dans une armoire, une pierre de touche dans une autre, et se livra à certaines manipulations qu'Oscar et le cosaque suivaient avec curiosité.

— Décidément, fit-il au bout d'une minute, c'est lord Burydan qui avait raison. Maintenant, je peux reconstituer de quelle façon, extrêmement habile, le vol a été commis. Lord Burydan parle, dans sa lettre, d'un moyen chimique.

— Je ne vois toujours pas comment on a pu faire pour emporter un buste aussi volumineux.

— On l'a simplement dissoudre.

Oscar ouvrait de grands yeux.

— Mais oui, fit M. Bondonnat, c'est comme cela. Ainsi que je viens de le constater à l'aide des réactifs, l'auge de lave était remplie d'eau régale, et tu n'ignores pas que l'eau régale, formée d'un mélange d'acide azotique et d'acide chlorhydrique en parties égales, est le seul liquide qui attaque l'or et puisse le dissoudre.

« Les cambrioleurs, ou les bandits, ont tout simplement placé le buste dans l'auge, et, quand ils ont été bien sûrs qu'il était fondu, ils ont rempli avec l'eau régale les bonbonnes vides et ont encore eu l'aplomb de se faire aider par ce brave Rapopoff.

— Et les émeraudes? demanda Oscar.

— Ils les ont retrouvées intactes au fond de l'auge. Ils n'ont sans doute eu garde de les oublier.

— Voilà qui est stupéfiant !

— Ah ! leurs précautions étaient bien prises ! Ils avaient tout prévu.

« Ainsi, l'eau régale elle-même était teintée avec un corps dont je n'ai pas pu reconnaître encore la nature, de façon que le liquide fût assez opaque pour qu'on ne pût apercevoir le buste.

— C'est tout de même se moquer du monde ! s'écria Oscar. Dire que nous avons fouillé le laboratoire de fond en comble sans avoir l'idée de regarder dans cette auge.

— Ah ! ce sont évidemment des gens intelligents !... Mais, une question : comment se nomme notre fournisseur de produits chimiques?

— M. Gresham.

— Fais-le demander au téléphone. Nous allons être fixés tout de suite.

Oscar s'empressa d'obéir, et, quelques minutes après, il obtenait la communication.

— La maison Gresham, de New-York? demanda M. Bondonnat.

— Yes, sir ! Qui me parle?

— C'est de la part de M. Harry Dorgan.

— Bien.

— Pourriez-vous me dire, monsieur, quand vous avez effectué votre dernière livraison à notre laboratoire du lac Ontario?

— Mais, monsieur, il y a une quinzaine de jours, tout au plus.

— Vous n'avez envoyé personne, hier, chercher la verrerie vide?

— Personne.

— Merci, monsieur.

M. Bondonnat raccrocha le récepteur.

— Tu vois, mon cher Oscar, dit-il, que maintenant, il n'y a plus de doute possible... Le buste aux yeux d'émeraude est perdu pour mistress Isidora.

— Il faut prévenir immédiatement Mrs. William Dorgan et Fred Jorgell.

— Non, répondit le savant après un moment de réflexion. Je ne suis pas du tout de cet avis. Il faut, jusqu'à nouvel ordre, que ce secret demeure entre nous.

« Je vais simplement écrire un mot à lord Burydan qui, lui, doit être exactement renseigné.

— Je crois, cher maître, que vous avez raison. Mais n'empêche que la Main Rouge — en admettant que ce soit elle — a des affiliés qui connaissent admirablement bien la chimie. Il est évident qu'il doit y avoir parmi eux de véritables savants.

(1) La lave volcanique est inattaquable par les acides.

CHAPITRE V

LE PONT DE L'ESTACADE

Les Américains ne perdent jamais de vue cet axiome que « le temps c'est de l'argent », (*Time is money*), et ils ne reculent devant aucune audace lorsqu'il s'agit d'économiser ce précieux capital. Ainsi, par exemple, chez nous, on attend, pour livrer à la circulation une voie de chemin de fer, qu'elle soit entièrement terminée, que les ponts, les tunnels et les autres œuvres d'art aient été installés partout et offrent une solidité à toute épreuve.

En Amérique, on commence par poser des rails au petit bonheur et par mettre, sur cette voie provisoire, des trains en circulation, quitte à exécuter plus tard, d'une façon plus sérieuse, tous les travaux nécessaires.

Rencontre-t-on un cours d'eau? On le passe sur un pont de bois jusqu'à ce que les recettes de la compagnie permettent d'en construire un en pierre ou en fer. Les charpentiers américains n'ont pas de rivaux dans l'art de construire ces ponts de bois, ces *trestle-works* qui atteignent parfois soixante mètres de hauteur et qui sont installés avec une simplicité de moyens et une audace stupéfiantes.

Y a-t-il une vallée profonde à traverser? On commence par poser un lit de pierres dures; puis, on dresse un premier chevalet, lequel en supporte un second, puis un troisième, puis un quatrième, autant qu'il en faut pour atteindre le niveau de la voie; sur le dernier chevalet, deux poutres, sur les poutres, deux rails.

Ces constructions audacieuses ne sont maintenues ni par des croix de saint André ni par des fers en T; elles ne tiennent que grâce à des chevilles et à quelques poutrelles qui, de place en place, maintiennent l'écartement des chevalets.

C'est sur une estacade de ce genre qu'était posée la voie du chemin de fer de New-York, à quelques kilomètres de la station de Rochester.

Le pont, d'une trentaine de mètres de hauteur, enjambait une large et profonde vallée, au fond de laquelle coulait un ruisseau marécageux qui, quelques lieues plus loin, allait se perdre dans le lac Ontario (1).

Ce paysage offrait un aspect sauvage et désolé. A perte de vue, les bords du ruisseau étaient couverts de joncs, de roseaux et de saules nains, qui servaient de refuge aux oiseaux aquatiques.

Il était environ dix heures du soir, et un épais brouillard occupait tout le fond de la vallée, lorsque trois hommes, emmitouflés dans d'épais manteaux à capuchon, s'aventurèrent à travers ce terrain boueux et détrempé, où ils enfonçaient à chaque instant.

— Je ne sais plus où nous sommes, dit l'un d'eux. Il n'y a pas moyen de s'y reconnaître.

(1) A l'heure qu'il est, cette estacade a été remplacée par un pont monumental en granit est en fer.

« On n'y voit pas à quatre pas devant soi.

— Mon cher Cornélius, dit un autre, je crois que je ferais bien d'allumer ma lanterne électrique.

— Ce n'est pas très prudent. Vous savez, Baruch, que l'on peut voir la lumière du haut du pont.

— Avec ce brouillard, c'est impossible. Qu'en dites-vous, Fritz? ajouta-t-il en se tournant vers le troisième personnage qui n'avait pas encore desserré les dents.

— Ma foi, je suis de votre avis. Avec une brume pareille, nous ne risquons pas grand'chose.

Baruch appuya sur le déclic d'une lanterne de poche, et, grâce à ce secours, les trois lords de la Main Rouge purent suivre, sans trop patauger, le sentier qui serpentait au fond de la vallée.

Au bout d'un quart d'heure d'une marche pénible et lente, ils atteignirent une misérable cahute construite avec des branches de saule, couverte de roseaux et assez semblable aux abris dont se servent les chasseurs de bécassines et de canards sauvages. C'est à peine si un homme eût pu s'y tenir debout. Elle n'avait d'autre issue qu'une porte, qui faisait face au pont du chemin de fer dont la base était en ce moment noyée dans le brouillard, mais dont la partie supérieure se dessinait avec une netteté fantastique sur le ciel pâle éclairé par les rayons de la lune.

Les trois lords s'étaient assis sur une botte de roseaux, qui tenait lieu de tout autre siège. Baruch déplaça une de ces bottes et tira de dessous une boîte carrée, à laquelle était attaché un fil métallique protégé par une gaîne de coton vert. La boîte renfermait un manipulateur électrique, dont Cornélius et Baruch vérifièrent soigneusement le mécanisme.

— Il est en parfait état, dit Fritz. Je craignais que l'humidité ne l'ait abîmé.

— Non, fit Baruch. Cette cahute est un peu plus élevée que le niveau du sol environnant... Mais quelle heure est-il?

Cornélius tira son chronomètre.

— Dix heures dix à la station de Rochester. Nous avons donc encore vingt-cinq minutes à attendre. Vous n'oublierez pas mes recommandations, n'est-ce pas? Sitôt que les lumières du train arriveront au niveau du signal qui se trouve à l'entrée du pont, vous ferez jouer le commutateur.

— Ce sera un bel écrabouillement ! ricana Fritz. Il y a dix kilos de panclastite sous chacune des maîtresses poutres... Voulez-vous, Baruch, que l'un de nous reste à vous tenir compagnie?

— Non pas. Votre présence dans les environs de la gare même de Rochester, au moment où va se produire la catastrophe, est indispensable. Aussi, il va être temps que vous me quittiez... puis ce que j'ai à faire n'est pas bien difficile.

— Comme je vous l'ai expliqué, dit Cornélius, vous ne courez aucune espèce de risque. Les poudres brisantes, dans le genre de la panclastite, agissent toujours dans le sens de la verticale, et de bas en haut. Enfin, vous êtes ici assez loin du pont pour n'avoir rien à craindre.

— Je le sais... Puis je ne resterai pas longtemps ici. Sitôt que l'explosion se sera produite, je prendrai juste le temps de noyer mon appareil dans les boues de la rivière et je regagnerai mon auto. Je tiens beaucoup à ce que ma présence à New-York soit constatée demain matin.

— Je crois, répondit Cornélius, que nos dispositions sont prises de la façon la plus sage. Nous avons, nous, un autre rôle à remplir et qui n'est pas le moins difficile.

— Tout se passera bien, dit Fritz. Il nous fallait une catastrophe de ce genre. Cela dénote la situation de toutes les façons.

— Vous devez comprendre, fit Cornélius à ses deux complices, que des entreprises comme le vol du buste aux yeux d'émeraude ne nous offrent qu'une ressource précaire. Il nous faut mettre la main, d'un seul coup, sur des capitaux véritablement considérables.

— J'ai reçu, il n'y a pas une heure, continua Fritz, les derniers renseignements de mes agents... Tous nos ennemis seront dans le train : William Dorgan, Isidora et votre vrai père, mon cher Baruch, Fred Jorgell.

— Oh ! c'est celui-là que je déteste le plus ! répliqua le bandit, dont la physionomie prit une expression de férocité sauvage.

— Il y a aussi, reprit Cornélius avec un sourire gouailleur, toute la bande des Français, en commençant par mon savant collègue, M. Prosper Bondonnat, pour finir par ce malicieux bossu qui nous a déjà causé tant d'ennuis.

Le visage de Baruch se rembrunit.

— J'aurais pourtant bien voulu, continuat-il, sauver Andrée !...

— Quel enfantillage ! s'écria Fritz. Au point où nous en sommes, nous n'avons plus rien à ménager. Il faut qu'ils disparaissent tous. C'est le seul moyen de dégager la situation. Andrée doit mourir comme les autres. Il faut qu'elle meure !

— Eh bien ! qu'elle meure ! murmura Baruch d'une voix faible.

Cornélius tira de nouveau son chronomètre.

— Hum ! fit-il, il ne nous reste plus qu'un quart d'heure. Nous avons juste le temps d'arriver. Au revoir, mon cher Baruch, et bonne chance ! Dès demain matin, vous aurez une dépêche chiffrée, qui vous renseignera.

— Au revoir, docteur ! Au revoir, Fritz !

Les trois bandits échangèrent un cordial shake-hand et se séparèrent.

Baruch demeura seul, étendu sur la litière de roseaux. Il avait éteint sa lampe électrique, et il attendait.

De temps en temps, une rafale de vent s'élevait et faisait craquer les poutres de l'immense estacade. Il semblait à l'assassin, frissonnant malgré lui, que des voix plaintives se mêlaient aux gémissements du vent dans les roseaux. A l'entrée du pont, dont les échafaudages émergeaient d'un océan de brouillard, le grand signal rouge était semblable à une prunelle sanglante, ouverte dans la nuit noire.

. . . .

Au moment même où Fritz et Cornélius prenaient congé de Baruch, trois luxueuses automobiles déposaient devant la gare du chemin de fer de New-York à Rochester toute une bande affairée et joyeuse. Les hôtes de la propriété du lac Ontario, se trouvaient réunis, sauf pourtant Harry, retenu à New-York une bonne partie du temps par l'écrasant travail que lui imposait l'administration des Paquebots-Éclair.

Après de longues hésitations, il avait été convenu que tout le monde irait passer un mois dans la propriété que William Dorgan venait d'acheter en Floride. Le milliardaire, tout joyeux que l'on eût enfin accepté son invitation, alla chercher lui-même les billets du pullmann-car dans lequel toute la société devait prendre place.

— Le rapide part à dix heures trente-cinq, dit-il gaiement. Nous serons à New-York pour minuit et demi.

Tous se disposaient à passer sur le quai, pendant qu'une escouade de domestiques, sous la direction de l'ex-clown nageur Bob Horwett, s'occupait de l'enregistrement des bagages, lorsqu'un cycliste mit pied à terre devant la gare et se dirigea vers le groupe que formaient la famille et les amis des deux milliardaires.

M. Bondonnat eut un geste de surprise en reconnaissant dans ce cycliste le Peau-Rouge Kloum. Il était couvert de sueur et de poussière. Tout de suite, il s'approcha du vieux savant.

— Qu'y a-t-il donc, mon brave Kloum ? lui dit-il. Te voilà tout époumonné !

— Dépêche de lord Burydan ! répondit laconiquement l'Indien.

— Pour moi ?

— Oui, pour vous.

Kloum tendit à M. Bondonnat une lettre que celui-ci décacheta fiévreusement.

Voici quel en était le contenu :

« Mon cher maître,

« Ne prenez pas le rapide de New-York qui part de Rochester à dix heures trente-cinq, et faites en sorte que tous nos amis remettent leur voyage à demain. Insistez pour les retenir; autrement, ils s'exposeraient à un terrible danger. J'ai des raisons de ne pas me montrer plus explicite.

« Cordialement à vous,

« LORD BURYDAN »

La signature de l'excentrique était accompagnée de l'X qui signifiait, comme il avait été convenu, que la recommandation contenue dans la lettre devait être exécutée à la lettre. M. Bondonnat se trouvait fort embarrassé. Il ne savait comment s'y prendre pour décider ses amis à ajourner leur départ; d'un autre côté, il savait que l'excentrique devait avoir des raisons très graves pour agir comme il le faisait.

Le vieux savant ne trouva rien de mieux — car le temps pressait — que de prendre à part Fred Jorgell, l'ingénieur Paganot et le naturaliste Ravenel, qui se rendirent sans peine à ses raisons et se chargèrent de persuader miss Isidora, Andrée et Frédérique de la nécessité qu'il y avait à reculer d'un jour leur départ. Quant à Oscar Tournesol, il connaissait trop bien lord Burydan pour ne pas savoir que ce dernier avait eu de graves motifs pour écrire une pareille lettre.

Il ne restait donc plus à prévenir que William Dorgan. Mais celui-ci ne voulut rien entendre, même quand M. Bondonnat, après quelques hésitations, lui eut montré la lettre de lord Burydan. Il fut même un peu vexé que sa belle-fille, qui lui avait formellement promis de l'accompagner, ainsi que ses amis, changeât de décision si brusquement.

— Chacun est libre de faire ce qu'il veut, déclara-t-il sèchement, mais j'ai décidé que je prendrais ce train, et je le prendrai. Ni lord Burydan ni personne ne me fera changer d'avis. Je me demande vraiment quel danger je puis courir, confortablement installé dans un compartiment de luxe. Avec des raisonnements pareils, on ne monterait jamais en wagon. J'ai, demain matin, à New-York, plusieurs rendez-vous sérieux, et ce n'est pas sous un prétexte aussi futile que je vais les contremander.

— Ce n'est pas sous un prétexte futile, répliqua vivement Isidora. Qui sait si les bandits de la Main Rouge n'ont pas formé le projet d'attaquer le train ?

— Mais non ! La Main Rouge n'a jamais été si terrible que cela. Tous ceux qui en font partie sont sous les verrous d'ailleurs... Vous vous forgez des craintes chimériques...

Tous les raisonnements, toutes les supplications même se heurtèrent à l'inébranlable entêtement du vieux gentleman.

Lorsque le train parut en gare, il monta dans son compartiment et, se penchant à la portière, il donna à ses amis une dernière poignée de main.

Mais il paraissait véritablement très contrarié de la défection de ses invités.

— J'espère, lui dit mistress Isidora, que vous ne nous en voudrez pas ?

— Nullement, répliqua le milliardaire qui avait repris toute sa bonne humeur. Je comprends très bien les raisons qui vous font agir, quoiqu'elles ne me paraissent pas suffisantes, à moi.

— Vous avez tort, mon cher beau-père, et je vais toute la nuit être inquiète à votre sujet. Promettez-moi, du moins, de m'envoyer, dès votre arrivée à New-York, un télégramme pour me rassurer.

— C'est promis. Mais, j'y songe, quand nous reverrons-nous ? J'espère bien que votre départ, en dépit des mystérieux avertissements de lord Burydan, n'est pas définitivement ajourné ? Ah ! si vous saviez quel endroit délicieux que ce coin de la Floride, avec ses grands palmiers et ses lianes odorantes ! Quand vous l'aurez vu, vous ne voudrez plus le quitter.

— Nous n'avons nulle envie de refuser votre invitation, répliqua la jeune femme avec vivacité. La preuve, c'est que demain, à midi sans faute, nous serons à New-York, d'où nous partirons tous ensemble pour la Floride.

— A moins, toutefois, répliqua malicieusement le milliardaire, que vous ne receviez de l'excentrique lord un nouvel avertissement mystérieux.

— Cela n'est pas probable.

— Qui sait ! murmura M. Bondonnat qui, depuis qu'il avait lu la lettre apportée par Kloum, était en proie à mille inquiétudes.

A ce moment, l'énorme locomotive du rapide fit entendre un sifflement déchirant ; la cheminée lançait des torrents de fumée noire mélangés à des flocons de vapeur ; les essieux grincèrent ; le train s'ébranlait.

Mistress Isidora, qui était montée sur le marchepied du wagon, n'eut que le temps de sauter à terre.

Le lourd convoi s'était mis lentement en marche, gravissant avec effort la pente de la voie, très raide en cet endroit, et à l'extrémité de laquelle se trouvait le signal rouge placé à l'entrée du pont de bois.

Les hôtes de Fred Jorgell remontèrent dans les autos qui les avaient amenés et reprirent assez tristement le chemin du château. Tous étaient péniblement impressionnés, surtout mistress Isidora et ses deux amies. Fred Jorgell essaya, mais bien inutilement, de les rassurer.

— Je ne sais vraiment pas, fit-il, quelle sorte de péril peut courir W. Dorgan. Son train le dépose à la gare de New-York, où il trouve son chauffeur qui l'attend et qui le conduit directement à son palais. Admettons même qu'il soit attaqué par la Main Rouge, — si cela arrive, il ne devra s'en prendre qu'à son propre entêtement, — il est quand même prévenu. Il est armé. Puis, je le répète, je ne vois pas trop à quel moment il pourrait être attaqué. A l'heure où il arrivera, beaucoup de quartiers de la ville sont encore pleins d'animation.

— Vous avez sans doute raison, murmura Andrée de Maubreuil. Et pourtant, si lord Burydan nous a prévenus, ce n'est certainement pas sans motif, croyez-le bien.

— Je voudrais bien être à demain matin, dit mistress Isidora.

Personne n'essaya de continuer la conversation et le voyage se poursuivit dans un profond silence.

Fred Jorgell et ses amis venaient à peine de quitter la gare, qu'une auto, couverte d'une couche de poussière qui attestait une longue route, vint stopper en face de la porte de l'embarcadère. Deux hommes en descendirent. C'étaient lord Astor Burydan et son ami Agénor. Tous deux paraissaient en proie à une vive surexcitation.

Lord Burydan traversa les salles en quelques enjambées, se rua sur le quai, et apercevant le chef de gare, il se précipita vers lui.

— Sir, lui dit-il d'une voix pleine d'angoisse, le train de New-York est-il parti ?

Le fonctionnaire crut se trouver, comme cela lui arrivait souvent, en présence d'un voyageur qui venait de manquer son train.

— Vous n'avez pas de chance, répondit-il flegmatiquement, il y a quelques minutes à peine que le train a quitté la gare. Tenez, en regardant bien, on le distingue encore. Il va franchir le signal qui se trouve en tête du pont de l'Estacade.

Il n'eut pas le temps d'achever sa phrase : une gerbe de flammes livides monta dans le ciel, montrant, pendant l'espace d'un éclair, la ville, les campagnes et le double ruban d'acier de la voie ferrée. Puis une détonation formidable retentit.

Le signal rouge avait disparu, comme éteint par un souffle invisible, et, à la place du pont et du train, il n'y avait plus qu'un grand nuage blanchâtre qui montait en tourbillonnant vers le ciel où resplendissait la pleine lune.

Le chef de gare était devenu blême.

— On a fait sauter le pont de l'Estacade ! s'écria-t-il avec désespoir.

Il ajouta, songeant tout de suite aux responsabilités qui pouvaient peser sur lui :

— Ce n'est pourtant pas ma faute !

— On ne peut vous accuser de rien, vous. Mais il faut aller tout de suite au secours de tous ces malheureux qui, là-bas, agonisent au fond du ravin... Un mot encore, ajouta-t-il en prenant la main du chef de gare, qui allait et venait sur le quai, à demi affolé. Je vous en supplie, dites-moi si le milliardaire Fred Jorgell — que vous connaissez sans doute — est monté dans le train avec ses amis ?

— Non, répondit le chef de gare machinalement. Ils avaient pris leurs billets ; mais, au dernier moment, il est venu un Peau-Rouge leur apporter une dépêche, et ils sont restés. Un seul d'entre eux est parti.

— Lequel ?

— C'est un milliardaire de New-York... Ma foi, je n'ai pas retenu son nom...

— Ne serait-ce pas William Dorgan ?

— Oui, c'est cela.

Lord Burydan n'en entendit pas davantage. Il remonta en auto, en compagnie d'Agénor, et fila dans la direction du pont de l'Estacade de toute la vitesse que pouvait donner son moteur.

Pendant ce temps, les secours s'organisaient à la gare de Rochester. Le fameux docteur Cornélius et son frère Fritz, qui se trouvaient par hasard de passage dans la ville, furent les premiers à se mettre à la disposition des autorités et à se transporter sur le lieu de la catastrophe.

L'épisode du *Mystérieux Docteur Cornélius* faisant suite à celui qui se termine ici aura pour titre : *La Dame aux Scabieuses*

CEAUX. IMP. CHARAIRE

www.ingramcontent.com/pod-product-compliance
Lightning Source LLC
Chambersburg PA
CBHW061706180626
46818CB00003B/1285